AF591433

BÉRANGER.

BÉRANGER.

QUELQUES LETTRES INÉDITES.

PAR

Madame MARIE DE SOLMS,

née Bonaparte-Wyse.

GENÈVE,

IMPRIMERIE C.-L. SABOT, RIVE, 10.

1857

BÉRANGER.

Souvent ces hommes qui ont rempli le monde du bruit de leur nom, simples, modestes, amoureux avant tout du calme et du repos, semblent fuir leur renommée ; mais la gloire va les chercher dans la retraite ; elle a des couronnes d'épines pour les audacieux et les superbes, — elle a des tendresses infinies pour celui qui se refuse à ses généreuses étreintes.

Dès ses premiers essais, Béranger a été célèbre; mais nous nous occuperons d'abord de l'homme, — le poëte viendra après.

Il est né en plein Paris, dans le quartier des Halles, remarquable prédestination ; mais ce serait en vain que le pélerin pieux, que le touriste érudit, voudraient aujourd'hui visiter le modeste logis où naquit notre poëte national. Paris fait sa toilette ; les démolitions, cette fièvre de l'époque, l'ont ravagé entièrement ; le pic brutal du Limousin a passé sur les vieux murs qui ont entendu les premiers bégaiements de celui que plus tard devait chanter tout un peuple.

Nous n'aurons même pas la consolation de voir édifier une plaque de marbre pour consacrer le coin de terre où s'exhala le premier souffle de ce grand conducteur d'âmes, et un marché luxueux a remplacé la maison du n° 50 de la rue Montorgueil ; nous disons *luxueux*, car la denrée alimentaire qui se débite là est de celles que le peuple ne peut se permettre que très-rarement.

Béranger, en effet, est bien un conducteur d'âmes ; il est notre Homère, notre Ossian, — il passera bientôt à l'état de type légendaire, il représentera un jour à l'imagination des philosophes et des penseurs, cette classe *toujours* si éprouvée par les souffrances et le malheur, et cependant *toujours* si gaie, si indépendante, si grande. Les poëtes futurs lui feront jouer, devant les générations à naître, le rôle de ce barde inspiré qui pousse les guerriers au combat et dont les chants répétés par des millions de voix font crouler les trônes et fuir les rois. Enfant de cette grande époque, Béranger est pour nous l'écho de l'idée-mère, de l'idée créatrice des libertés; pour nos fils, ses chants seront l'appel vigoureux de la tribune aux harangues, — il sera le tambour battant la charge de la démocratie, la fanfare éclatante de la victoire populaire.

Nous avons dit que sa naissance en plein quartier des Halles était une sorte de prédestination : en effet, ce génie sobre, vivace, robuste, ne pouvait sortir que de ces classes généreuses qui sont l'espoir et la force du pays, le cœur de la France, sa sève, la source toujours intarissable du dévouement, de l'intelligence et du courage.

Un prolétaire a mis au monde ce dieu des prolétaires, la dernière incarnation de Jacques Bonhomme; il est petit-fils d'un tailleur; on ne sait pas quel était son père ; c'est ce vieillard qui l'a reçu dans ses bras *vacillants*, et une fée s'est assise auprès de son berceau.

Il y a un charmant dialogue de la fée et du vénérable artisan ; la fille des rêves vient balancer sur le front de l'enfant les feuillets d'Horace, de Pindare et d'Anacréon, et l'air agité par cet éventail lumineux fut la première brise poétique aspirée par le chantre futur des gloires françaises.

Le berceau est là, dans l'atelier du grand-père, veuf des fleurs qu'y répand d'ordinaire une mère attentive. Or, l'enfant pleure ; la fée apparaît dans son char d'or attelé de colombes ; elle prend dans ses mains l'enfant presqu'orphelin et lui chante ces refrains joyeux dont le poëte a retrouvé plus tard le souvenir naïf.

Le vieux tailleur représente ces hommes du peuple ignorant, toujours inquiet de l'avenir, l'œil constamment fixé sur ce point noir, de forme indéfinissable qui surgit à l'horizon et grandit dans l'espace ; il a soif de merveilleux et d'inconnu, il veut lire la page de la destinée de cet enfant, il lui faut sa bonne aventure.

— Ton fils sera poëte ! lui dit la fée, et le bonhomme secoue la tête tristement, il ose même risquer une grimace. — Un faiseur de chansons!... s'écrie-t-il.

A cette époque on les mettait à la Bastille ou à Bicêtre ; et quand ils n'y mouraient pas, la police, après les avoir corrompus, les attachait à son œuvre ténébreuse, les subventionnait et les lâchait de temps en temps contre les novateurs, les philosophes et tous les perturbateurs des idées reçues.

Ton fils sera poëte ! répéta la fée, — il sera la joie du pauvre, dont il calmera les douleurs, dont il ranimera le courage, dont il appaisera la faim. Les rois se sont dit : quand le peuple chante, il oublie. La chanson ne fait pas oublier, elle entretient le feu sacré, c'est le chant du coq vigilant annonçant l'aurore.

— Ton fils sera poëte, dit la fée, — les riches aussi lui feront fête, car son génie mâle et enjoué, élégant et ferme, connaîtra aussi bien l'accent du plaisir que les enseignements du devoir, et sera l'hôte indispensable du festin opulent, aussi bien que du cabaret populaire ; consoler les pauvres, plaire aux riches, tâche délicate et difficile, — n'y parvient pas qui veut ; Molière et Lafontaine seuls y avaient réussi jusqu'à Béranger.

*

Des bras de la fée l'enfant passa dans ceux d'une robuste nourrice de village, et ce lait abondant et sain, forte nourriture du corps, eut peut-être une influence sur ce vigoureux esprit.

Après le retour du village, l'enfant commence ses première douleurs — l'éducation. Heureusement pour lui un grand évènement vient changer la face du monde. Sans cette secousse, l'école de la rue Saint-Antoine eut pu en faire un pédant : la prise de la Bastille fut pour Béranger, en quelque sorte comme un baptême d'indépendance. C'était par un beau soleil, le tambour, la fusillade, le canon avaient grondé, le peuple avait passé et la sombre forteresse, comme le superbe de la Bible, n'était déjà plus.

Ecoutons *le grave et docte vieillard* dont parle le poëte : le despotisme, dit-il, a tant creusé de cachots dans les murailles de chaque tour, pour y loger les captifs en foule, qu'un choc suffit et que les murs, crevant déjà sous le nombre, s'effondrent avec fracas et dans les fossés bourbeux s'écroule l'orgueilleuse Bastille.

Mais il sort encore une fois de Paris, c'est à Péronne qu'il commencera réellement à vivre. De là il entend encore le canon, mais sa voix est lugubre, c'est le canon de l'ennemi, assiégeant Lille, et voici le gamin qui chante dans les rues le sublime cri de guerre des temps modernes, cette Marseillaise ardente qui poussait les hommes sous la mitraille et faisait un martyr de chaque soldat.

Ces chants inspirés, ce bruit du canon tonnant au loin, les journaux passionnés de l'époque, dont la lecture se faisait à haute voix dans les carrefours, enflammaient l'imagination de l'enfant et lui arrachaient des larmes. Vrai fils du peuple, gamin sublime, il a fondu des balles et fait des cartouches pour les défenseurs de sa ville assiégée.

Cependant l'enfant grandissait ; il fallait choisir une carrière ; il entre dans une imprimerie. Là sont en germe toutes les professions dites libérales, et il fut grand, depuis, le nombre des écrivains qui ont commencé ainsi, c'est le vestibule de la littérature ; les typographes sont les premiers confidents de l'idée.

En composant la prose des autres, Béranger apprend sa langue beaucoup mieux qu'à l'école, et la lenteur nécessaire de son travail aide puissamment à ce résultat par l'analyse et la critique des pages qu'il a sous les yeux. Il est probable qu'à cette époque doivent remonter les premiers essais de sa muse et que, quoiqu'en disent les biographes, il préluda par la chanson — cette fille de l'atelier — à la comédie des Hermaphrodites qu'il ébaucha plus tard, embryon mort-né, bégaiement du génie qui s'ignore.

Car Béranger ne date que de ses chansons, — de ces odes originales dont notre langue n'offre aucun équivalent.

Le bon vieux grand-père avait un faible pour cet enfant, turbulent et grave en même temps, que la province retenait loin de lui : il le rappela à Paris, et le quartier des Halles revit le protégé des fées.

Cette fois, par exemple, le tailleur fut convaincu que son petit-fils n'était bien réellement qu'un faiseur de vers, la pire espèce des hommes pour les simples esprits, car il le surprit méditant profondément, balbutiant des syllabes sonores et distrait au point d'oublier même de manger. C'est qu'une comédie était en germe dans cette jeune cervelle; un nouvel Aristophane allait-il apparaître, et ces Hermaphrodites devaient-ils véritablement conquérir une place dans le répétoire immortel et déjà si riche de notre scène française ? Il faut avouer que le sujet était heureusement choisi ; c'étaient les efféminés et les ambitieuses, les scandales du Directoire flagellés, les intrigantes et les incroyables placés au pilori de l'opinion.

Nous regrettons que cette satyre de mœurs ait été perdue. L'auteur a été trop sévère pour ces élucubrations de sa jeunesse inexpérimentée ; car il devait se trouver là des élans de sève, de vigueur, de poésie, de *lyrisme*, que la maturité n'atteint que bien rarement.

Nous regretterons moins un poëme de *Clovis*, car c'est avec beaucoup de peine que nous nous représentons ce génie, primesantier, aux prises avec les nécessités classiques et conventionnelles, alors imposées à tout poëme épique.

Du reste, ne blâmons pas cet essai du jeune poëte, c'est celui qu'ont tenté tous ceux à qui Dieu a transmis l'étincelle sacrée.

Si Béranger eut su le latin, il eut achevé Clovis, et nous n'aurions ni *le Roi d'Yvetot* ni *le Dieu des bonnes gens*. La France n'y eut pas gagné, mais à coup sûr nous y eussions bien perdu.

Nous pouvons dire qu'il a donné une nouvelle forme à la chanson, — ce genre si éminemment français, — il en a fait une chose avec laquelle les gouvernements et les rois ont dû compter; la chanson est éminemment populaire, elle s'adresse aux passions de tous, elle est donc comprise de tous, c'est la littérature de ceux qui ne savent pas lire, la gaîté et le délassement de ceux qui lisent trop. Avant lui, déjà, aucun peuple n'avait un aussi grand nombre de jolies chansons et tous les étrangers, dit Jean-Jacques, conviennent de notre supériorité dans cet art. En effet, la nation française est, entre toutes, celle dont le caractère semble le plus porté à ce genre de poésie léger en apparence et parfois si profond: le goût des réunions de table, dont cinq à six heures de séance n'usaient pas autrefois les joyeuses causeries, — la galanterie, la vivacité de leur humeur, tout porte les Français vers la chanson, et si nos habitudes ne s'étaient pas en quelque sorte transformées depuis quelques années, elle refleurirait de plus belle.

Le jour où le tabac n'alourdira plus les cerveaux les flonflons du vaudeville reviendront égayer nos soupers.

Béranger pourtant n'est pas ce qu'on a toujours appelé le *chansonnier*, il est bien plus ; il est le poëte lyrique ; il a introduit dans ses couplets la conviction politique, il a osé s'attaquer aux pouvoirs les plus forts et les mieux armés pour la répression. Napoléon, à l'apogée de sa puissance, ne dédaigna pas de sourire au *roi d'Yvetot* et aux *Conseils à Lise*, satyres ingénieuses qui allaient jusqu'à lui demander raison de ces victoires *si* coûteuses et en définitive *si* fatales. — C'est Alexandre souriant à l'apostrophe hardie de Diogène et se gardant bien de lui ôter ce soleil cher aux poëtes et aux philosophes.

La France applaudit avec transport *le roi d'Yvetot*, censure courageuse et gaie, et le répéta en chœur, en acclamant avec amour le nom tout neuf de ce modeste chansonnier qui, seul, élevait la voix lorsque tout le monde se taisait devant le conquérant.

Napoléon était Italien, et il se rappelait que Mazarin, son compatriote, fredonnait les couplets lancés contre son pouvoir et sa personne ; aussi, l'entendit-on souvent écorcher les refrains *du roi d'Yvetot* et surtout les cruelles morsures faites à ses dignitaires par la chanson du *sénateur*.

Mais nous avons été un peu vite dans les titres de gloire, parlons d'abord de la bataille. Ce n'était pas avec une comédie comme les *Hermaphrodites*, et un poème comme *Clovis* que cette médiocrité dorée dont parle Horace, pouvait venir aider le poëte à vivre, la misère était là, menaçante et terrible; elle avait devoré Malfilâtre et Gilbert, et ce sont les illustres; mais combien n'ont pas même obtenu les secours de l'hôpital *et* ont été décimés *et* le sont encore chaque jour par les métiers manuels les plus pénibles, plus mortels que les champs de bataille. Heureusement, Béranger entendit parler d'un homme, qui alors jouissait d'une immense popularité, le complice le plus actif hélas du 18 Brumaire, Lucien Bonaparte, le poëte de notre famille, qui a su prouver plus tard par son noble exil et son dédain des trônes offerts qu'il avait réellement un grand cœur et des convictions démocratiques; l'honnête homme dominait chez lui l'ambitieux; malheureusement le frére effaça le citoyen. Mon grand-père membre de l'Institut occupait ses loisirs à la culture des lettres, il versifiait un peu dans le genre de M. l'abbé Délille ; il faut bien en convenir, mais c'était là tout ce que donnait notre époque si riche en gloire d'une autre espèce et qui ne pouvait tout avoir à la fois. Béranger lui écrivit une lettre d'envoi qui, disait-il plus tard, était digne d'une jeune tête républicaine, et décélait l'orgueil blessé de recourir à un protecteur. Mon grand-père sourit et devint le protecteur du jeune homme après avoir lu ses premiers essais, mais on pouvait craindre que cette protection ne devint insuffisante, puisque le frère du premier consul quittait la France ; il envoya alors à Béranger une procuration pour toucher ses appointements de membre de l'Institut, elle était accompagnée de la lettre suivante :

« Je vous adresse une procuration pour toucher mon traitement de l'Institut. Je vous prie d'accepter ce traitement, et je ne doute pas que si vous continuez de cultiver votre talent par le travail, vous ne soyez un jour un des ornements de notre Parnasse ; soignez surtout la délicatesse du rhythme ; ne cessez point d'être hardi, mais soyez toujours élégant.

» Lucien,

» Membre de l'Institut. »

— Béranger s'acquitta en dédiant à mon grand-père son troisième recueil, ses meilleures chansons, celles qu'il appelait ses *enfants gâtés ;* il y eut toujours peut-être un peu de cette reconnaissance honorable, mais exagérée, dans sa faiblesse, pour la gloire militaire du héros de notre famille.

« Pendant les Cent-Jours, dit le poëte, M. Lucien Bonaparte me fit entendre qu'en m'adonnant à la chanson, je détournais mon talent de la vocation plus élevée qu'il semblait avoir eue d'abord. Je le sentais; mais j'ai toujours penché à croire qu'à certaines époques les lettres et les arts ne doivent pas être de simples objets de luxe, et je commençais à deviner le parti qu'on pourrait tirer, pour la cause de la liberté, d'un genre de poésie éminemment national.

« Le souvenir de mon bienfaiteur, ajoute-t-il plus loin, me suivra jusque dans la tombe, j'en atteste les larmes que je répands encore après 30 ans, lorsque je me reporte au jour où, assuré d'une telle protection, je crus tenir de la Providence elle-même une promesse de bonheur et de gloire. »

Ainsi, par une de ces étranges bizarreries de

la destinée, c'est ce même Institut, dont plus tard Béranger ne voulut jamais faire partie, qui lui donna la faculté de s'en montrer digne. Ce traitement était modeste : on en connaît le chiffre exigu. Mais c'est assez pour le poëte, c'est le pain de chaque jour, le souci de moins dans la vie, — cet horrible souci qui vous mord au cœur, atrophie l'intelligence et pousse au découragement.

On a vu que Lucien recommandait au jeune poëte la délicatesse du rhythme. Seulement, et comme il pressentait à quel vigoureux génie il avait affaire, il l'encourageait dans la hardiesse de la pensée, sans laquelle toute forme de vers est lâche et incolore, fût-elle d'ailleurs irréprochable.

Béranger travailla alors aux *Annales du Musée*, lourde et compacte nomenclature des richesses de la nation. On sent que ce genre d'études ne lui convenait guère; sa prose a quelque chose d'embarrassé qui n'annonce pas le poëte si clair et si pur des années suivantes; mais ces travaux obscurs, fatigants, indigestes, sont pour l'homme de lettres, si souvent aux abois, la nourriture quotidienne. Heureusement pour le poëte, Lebrun, l'académicien, lui procura l'une de ces places dont disposent les gouvernements, loisirs déguisés sous une apparence d'emploi et dont le vulgaire ne connaît pas l'admirable utilité, bienveillante et délicate manière de masquer ces pensions inscrites sur le grand-livre et qu'il est si souvent difficile de motiver. Les occupations bureaucratiques n'ont jamais beaucoup absorbé ceux qui s'y sont voués, et, à part quelques braves gens, nés commis, qui y croient très-sérieusement, elles n'ont point la prétention de détourner les gens de lettres de leurs travaux de prédilection. Ce fut en qualité d'expéditionnaire au secrétariat de l'Université qu'il griffonna, sur du papier-ministre, la *Gaudriole*, *Frétillon*, les *Gueux*, la *Mère aveugle*, le *Voisin*, les *Infidélités de Lisette*, ces charmantes drôleries dont une morale sévère pourrait à bon droit s'effaroucher, mais qui dérident les fronts moroses de ceux-là même qui résistent au rire de Rabelais ou aux sourires de Lafontaine.

Car c'est là un des charmants côtés de ce poëte : chaque fois qu'il est égrillard et badin, il l'est avec mesure, avec une sorte de respect de la langue et du goût, qu'on ne trouve pas toujours à égal degré chez Désaugiers et Panard, ces chansonniers par excellence auxquels il n'osait même pas se comparer dès ses débuts. On voit qu'il se rappelle les conseils de Lucien Bonaparte : « N'oubliez jamais d'être élégant. »

Au milieu même de ses pièces les plus... vulgarisées, car nous n'osons nous servir du mot *triviales*, jamais l'expression ne cesse d'être choisie ; elle étonne la pudeur quelquefois, mais sans la révolter jusqu'au murmure.

Les vers sont enfants de la lyre ;
Il faut les chanter, non les lire !

a dit un autre poëte, — et dans aucune langue cet axiome ne s'est mieux justifié que pour Béranger. Prenez par exemple la pièce intitulée *le Grenier*, et scandez-la vers par vers, avec la musique, dans le ton et le sentiment qu'elle commande, et je vous défie de l'achever sans avoir l'œil humecté de cette douce larme que commande ce retour vers un passé qui n'est plus, — regrets d'amour, de bonheur, d'enthousiasme, ces belles fleurs de la jeunesse qu'on ne voit jamais renaître, qu'on ne reconnaît plus chez les autres, et qu'on croit avoir été seul à comprendre, à respirer, à aimer, à sentir !

Nous relisons les lignes qui précèdent et nous apercevons, citée comme drôlerie, l'une des pièces les plus fortes et les mieux réussies de leur auteur : celle des *Gueux*. Il est impossible de pousser plus loin la philosophie et la résignation ; c'est le cri de l'intelligence contre la matière, de l'esprit contre la sottise, et il n'est pas un pauvre d'écus qui ne se sente fier après cela de compter dans le nombre de ces admirables gueux. Jamais plus vigoureux pamphlet n'a été lancé contre la grotesque suffisance de ceux qui n'ont que la richesse, et cette chanson est, à bon droit, la consolante *Marseillaise* des déshérités. Elle est grande la liste des honnêtes et des forts que la fortune n'a jamais visités, et qui se sont toujours vengés de cette erreur du sort par la raillerie et par la contemplation des réelles félicités que l'âme seule peut rêver et atteindre. Qu'on ne nous dise pas qu'ils sont trop verts les écus de la finance, et que, comme le renard de la fable, les gens d'esprit les dédaignent, faute de pouvoir les posséder. Le poëte n'a jamais dédaigné l'or ; mais il ne fera rien de honteux pour l'acquérir. Il est de la nature de la cigale, c'est vrai, c'est même le plus gros reproche que lui adresse d'ordinaire le bourgeois vaniteux et gonflé. Ah! s'il pouvait amasser, s'il savait surtout *compter*, cette faculté honorable dont les gens médiocres sont si fiers!... Mais trouverait-il au sein de la richesse ces bonheurs faciles, ces joies vraies, ce contentement suprême de l'âme que ne connut jamais la satiété; un peu de poésie et d'amour, l'Evangile de Dieu, la nature dans ce qu'elle a de grand et de passionné, sans entraves, sans voiles, — sans ces attributs de la richesse qui sont des chaînes pesantes au pied d'un oiseau, — sans l'attirail des somptueux habits, ennemis de l'herbe tendre et des étroits escaliers.

Ah! pourquoi est-il convenu qu'Homère n'a jamais eu que son bâton et sa besace : c'est la consécration de la misère qui ronge la littérature.

Béranger est mort pauvre, Balzac, Musset, Suë, sont morts pauvres, Lamartine et Ponsard mourront pauvres.

D'autres sont capitalistes; il est vrai qu'ils n'ont jamais eu rien de commun avec la poésie; âpres au lucre, et peu soucieux de l'art, ils font suer cet or que leurs pères prodigues faisaient si lestement rouler; je ne voudrais pas voir les poëtes opulents, mais je voudrais pour eux le bien-être, l'*aura mediocritas*, qui apporte la sérénité d'esprit et la sécurité indispensables aux grandes œuvres. Et cependant les gueux sont des gens heureux, ils ne se déchirent pas, ne se tuent pas, ne se déshonorent pas entre eux; — tout leur est plaisir et joie, un rien leur suffit, une heure d'oubli vaut dix ans de bonheur; — jamais pour eux de ces nausées que donnent les excès : l'esprit libre et content, ils roulent leur tonneau où la fantaisie les pousse; ils vivent à leur gré, exempts des gênes de la société, et meurent affranchis des importuns. — A dater de cette chanson, l'un des chefs-d'œuvre de Béranger, son nom acquiert une popularité qui ne l'a pas quitté un seul instant.

On a nié que Béranger ait fait partie d'aucune de ces réunions chantantes qui florissaient autrefois, et dont le *Caveau moderne* est resté la plus célèbre. Il y a pourtant une de ses chansons qui le constate : elle est datée de 1813; et c'est peut-être à cause des coups d'épingle donnés à la grande Académie dans cette pièce, — son *Discours de réception*, — qu'il a persisté plus tard à ne point solliciter les suffrages des quarante, chaque fois qu'ils se trouvaient réduits à trente-neuf. Il demeure donc avéré qu'il a sollicité l'honneur de faire partie du Caveau, composé de gens d'esprit, et dont le président n'était rien moins que Désaugiers, l'un des rois de ce genre charmant et si français. D'abord, il le dit, il n'osait frapper à la porte de ce cénacle en belle humeur, il avait peur, — il connaissait par ouï-dire les us et coutumes des académies de province, si avides de faire parler d'elles en dépit du dicton, — et se figurait le Caveau comme un autel élevé contre l'autel des quarante immortels. Il fut pleinement rassuré le jour de sa réception à ce cercle, épicurien avant tout ; et, au lieu d'une grande salle aux fauteuils solennels, aux murs froids, aux visages grimés ou gourmés, il aperçut tout d'abord des visages souriants et une table bien servie. Oh ! ce n'est pas comme à l'Académie, s'cria-t-il aussitôt. En effet, il n'avait point, pendant de longues heures, à pied, en parapluie ou en fiacre, battu le pavé de Paris, — de la Bastille au Palais-

Royal et du Louvre à la Sorbonne, — à la recherche de chacun des privilégiés, chargé de ses œuvres complètes, reliées en maroquin et dorées sur tranches pour l'édification de ceux qui ne l'auraient pas connu ; il n'avait pas essuyé les faux-fuyants, les fins de non-recevoir, les compliments à double tranchant, ces douches d'eau bénite de cour, tombant si dru d'ordinaire sur le chef de tout solliciteur ; sans compter les rivaux à devancer, à dépasser, à évincer surtout, — toutes choses nauséabondes et déplorables, humiliations qu'on devrait bien épargner au génie et au talent.

Au caveau, pas de visites, pas de coups de chapeau, une franche accolade, une poignée de mains, un bon sourire, le verre en main, — n'est-ce point patriarcal. Ah ! qu'il avait peur de l'Académie, ce pauvre Béranger ; — peur du discours *superbe et long*, et des formules reconnaissantes imposées par l'usage. — Au caveau, pas de phrases, une chanson ; — il faut bien prouver qu'on est de la famille. On a le droit d'avoir du génie, mais on n'est pas forcé d'en montrer. Une chaise de paille pour tout fauteuil et le champagne dans les verres ! tous ces épicuriens charmants répètent les mots écrits sur la muraille par le charbon d'un Daniel bienveillant : « Joie, amitié, malice et bonhomie ! » Où étais-tu, Piron ? Là, on t'eut accueilli avec transport, toi qui n'avais que de l'esprit.

Voici donc notre poëte entraîné dans le mouvement ; car les réunions, — les cercles, les semblants d'académie — ont cela d'excellent qu'elles excitent l'émulation ; elles forcent à produire, il faut payer sa quote-part, prouver qu'on n'est point endormi, et tout le monde en profite.

Nous doutons fort que le Caveau existe encore de nos jours, car il n'en sort jamais rien. Il aurait donc eu le sort de la grande Académie, qui ne fait plus guère parler d'elle, depuis que Hugo est exilé. Heureusement pour elle, que son vieux sang commence à se régénérer avec Legouvé, Augier et Ponsard, les derniers élus. Quant au Caveau, nous ne pensons pas qu'il puisse facilement se recruter de membres nouveaux et surtout *vivants*, c'est une ruine, lui aussi, et les éléments les plus actifs lui manquent. En effet, nos écrivains ne croient plus à ces douces choses qui, autrefois, faisaient seules battre le cœur, — l'amour, la gloire, l'amitié. —

La fibre patriotique ne résonne plus dans les poitrines ; les positifs et les blasés règnent en souverains de l'opinion ; ils sont parvenus à rendre ridicules les sentiments généreux et les ont tués par un mot : le *chauvinisme*. C'était bon pourtant de se réchauffer de temps à autre au soleil des bulletins de la grande armée !

Béranger pressentait cette tendance déplorable. Il ne croyait pas cependant, lorsqu'il chantait l'*âge mûr*, qu'il assisterait à la décadence, et qu'il verrait les fils des hommes de son temps, — qui n'était pourtant pas l'âge d'or, — vérifier sa désolante et trop exacte prophétie. Oui, nous valons moins que nos pères, hélas ! D'abord, nous ne savons ni rire, ni boire, ni chanter, ni aimer, — la Bourse et le tabac nous absorbent. — Ah ! qu'ils auraient donc bien fait, nos vigoureux ancêtres, de laisser finir ce vilain monde ; — mais il paraît, dit le poëte, que leurs femmes ne l'ont pas voulu.

Il est vrai que cette boutade était inspirée à Béranger par la vue des gros nuages noirs qui s'amoncelaient à l'horizon du côté du Nord, rafales terribles et sanglantes qui mirent la France à deux doigts de sa perte.

Depuis Attila, l'Europe n'avait pas vu semblable débordement de hordes de toutes races : la nuée de vautours s'abattait sur notre territoire, et les populations couraient au fond des bois cacher leurs terreurs et leurs trésors. La stupeur était au comble; mais les soldats et les jeunes ne tremblaient pas. Les poëtes restaient muets devant cet envahissement de la patrie; ils sont souvent timides, et si leur âme contemplative prévoit les évènements et trouve des accents d'indignation pour le fait accompli, elle est souvent sans énergie en présence du fait agissant. Seuls, les deux chansonniers levèrent la tête, Désaugiers, le président du Caveau, et Béranger, le dernier membre élu. Désaugiers fut fiévreux, haletant; — Béranger fut simple et sublime; Il y a de la résignation, de l'ironie, de la chaleur dans sa poésie. — On marche, on va, on est poussé, la fatalité est là; mais on est Français : il faut vaincre ou mourir sans sourciller, remplacer ceux qui tombent, serrer les rangs, en avant les jeunes et les valides; ce sont nos vieilles haines qui se réveillent, les hordes d'Attila ont engraissé les plaines de la Champagne, marchons sur leurs cadavres à la rencontre de leurs fils, sus aux Huns modernes, en avant Gaulois et Francs ! C'est l'Angleterre surtout, notre vieille, notre éternelle ennemie, qui les a poussées vers nous, ces peuplades du Nord, quittant leurs steppes neigeux et stériles pour nos plaines vertes et fécondes. Buvons nos vins ! s'écrie le fils d'Epicure, les Saxons tariraient la source de nos chansons !... Vraiment, si nous étions obligés de le croire, Béranger passerait pour un Gargantua *beuvant* sec et souvent, tandis qu'il ne buvait que l'eau des clairs ruisseaux, Hypocrène de la vraie poësie, inspiration dn grand et du beau, et qui n'est pas, quoi qu'en dise le proverbe, la boisson des impurs et des méchants.

Voyez ensuite comme l'adorateur de Lisette tremble pour la vertu de nos filles à l'approche des Kalmouks, et comme il semble prévoir avec douleur le nombre de petits Cosaques qui sont nés pendant les années de la terrible invasion.

La chanson de Béranger eut un succès énorme ; c'était, comme toujours, répondre à l'esprit du moment, au cri de tous, et son instinct et son tact ne se sont jamais démentis ; il a toujours marché dans cette voie patriotique, et son culte pour nos gloires et surtout pour l'homme qui les personnifiait si largement ne s'est jamais refroidi. Nous n'en dirons pas autant de Désaugiers, qui a chanté toutes les fluctuations de la fortune des Bourbons, après avoir brûlé l'encens aux pieds de l'idole tombée. Notre poëte n'a jamais flatté que l'infortune, selon sa belle expression.

N'abandonnons pas la politique, elle lui réussit trop bien, et la pièce des *Vieux habits, vieux galons*, est un chef-d'œuvre de style, en même temps que la satire la plus vive et la plus vraie des mœurs des hommes d'Etat et des ambitieux de ce temps-là, — de tous les temps.

Hélas! l'habit fait tout, d'un bout du monde à l'autre; il faut subir cette loi désespérante, cette éternelle protestation contre les principes de l'égalité, — et il n'est pas jusqu'aux chiens qui n'aboient aux haillons.

Dès les premiers jours de la Restauration, tous les habits se retournent, habits verts ou habits bleus. Les galons seuls tiennent bon, et les maréchaux gorgés d'or ont donné les premiers l'exemple, oublieux du temps où ils froissaient les tuniques de gaze des déesses de la Raison. C'était une curée générale. Les hobereaux endossaient la vieille livrée des petits appartements de Versailles, manchettes et dentelles, poudre et talons rouges; — cela tourna la tête au pauvre Désaugiers, il ne voyait que ce qui brille; — Béranger ne regardait que ce qui souffre, et les glorieuses cohortes, mutilées, dispersées, honnies, se retiraient sur la Loire, rongeant la honte et cachant leurs cocardes et leurs drapeaux, en redisant ses refrains immortels avec des sourdines à leurs voix.

Pendant ce temps, le poëte brossait son pauvre habit, qui, comme son maître, résistait en philosophe, malgré l'usure et le temps. Il s'honore de son indigence, le fier et généreux barde; il sait que ses amis ne l'ont pas renié et qu'ils fêteront plus ce drap montrant la corde, que l'oripeau menteur dont se paraient si effrontément les gorgés et les repus de la veille.

Il se contente de son modique emploi, il accepte cette chaîne qui a rivé à leur bureau tant d'esprits fins et charmants et les a dérobés à ces grands travaux de l'intelligence qui exigent une tension continue vers la forme rêvée et une liberté complète; mais cet emploi fut retiré à l'auteur du *Dieu des bonnes gens* et du *Vieux Drapeau*.

Les gouvernements n'aiment pas réchauffer dans leurs bureaux des serpents, surtout quand ces serpents chantent au lieu de ramper, si bien que l'Université se sépara de son expéditionnaire, et commença à le faire surveiller de près par l'armée des mouchards politiques et littéraires.

La grandeur des évènements exalta l'inspiration du poëte ; l'immense écroulement de la fortune du géant des temps modernes arracha à sa lyre des accents sublimes et qui firent trembler les rois sur leur trône restauré à grands renforts de trahison.

La chanson, la muse folle et légère, la gaudriole ne fait plus que de rares visites à cette âme épurée par la vue du malheur de la nation, et l'ode, — la forme de Hugo et de Lamartine, — revêt sous sa plume l'éclat et la force de la vie vraie ; le Béranger des odes, le Béranger philosophique apparaît.

Donnons cependant encore un dernier regard à ces belles, bonnes et braves filles qui mettent au front de Béranger la fraîche auréole de la jeunesse et de l'amour. Frétillon, Lisette, types adorables, aujourd'hui perdus et dont

*

ne peuvent donner aucune idée ces créatures sans cœur qui ont usurpé leur règne.

Lisette a vécu compagne inséparable, amie de tous les instants; elle n'était plus que la bonne vieille : tout avait été pardonné, et les souvenirs n'étaient plus que les souvenirs heureux. On se tromperait, au surplus, en confondant Lisette avec Frétillon. Lisette était une femme distinguée sous tous les rapports, elle fut un sentiment du cœur du poète et non une rime de ses couplets. Elle se nommait mademoiselle Judith Frère; gaie, spirituelle, chantant à ravir, elle n'était pas une grisette, comme beaucoup de gens l'ont cru et le croient encore; c'était la nièce d'un maître d'armes, nommé Valois, qui venait donner des leçons dans la pension du faubourg Saint-Antoine, où Béranger avait été élevé; cette petite fille, âgée d'une dizaine d'années, (elle avait trois mois de plus que Béranger), accompagnait son oncle, et, dressée par lui à l'escrime, lui servait de prévôt et faisait des armes avec les enfants; elle apparut à Béranger dans cette salle d'armes, de façon à frapper vivement sa jeune imagination, la sandale retentissante sur la dalle chaussée au pied, le gant de combat à la main, le plastron sur le sein, l'épée nue mouchetée au poing, le masque de fil de fer sur le visage, treillis à travers duquel brillait l'ardeur des joues colorées par le combat, elle fit l'effet d'une nouvelle Clorinde au jeune élève ébloui de tant d'adresse et de beauté.

Judith a vécu 63 ans avec le poëte; elle est morte deux mois avant lui. Il écrivit à son sujet une lettre admirable que nous citerons tout à l'heure.

« Judith avait été excessivement jolie : cela se voyait encore. D'une taille ordinaire, svelte, droite, parfaitement belle, elle avait vis-à-vis des gens qu'elle ne connaissait pas quelque chose de hautain et de réservé qui embarrassait; elle avait, au dire du poëte lui-même, une sévérité de mœurs dont rien n'approchait.

» Judith, disait-il encore, a ses jugements, ses antipathies; il y a quelques personnes qu'elle reçoit avec politesse, sans doute, mais je sais ce qu'elle en pense; elle est même sévère envers ses amies; elle a ses idées à elle, ses opinions à elle. »

Un mot de Béranger au curé de sa paroisse achèvera de la peindre.

Une amie indiscrète, en apprenant que mademoiselle Judith venait d'avoir une grande faiblesse et qu'elle pourrait bien mourir, va chercher elle-même ou fait avertir M. le Curé, qui s'empresse d'accourir. Mais mademoiselle a ses idées ; elle a donné le mot d'ordre a son ami, à qui la bonne annonce la présence du confesseur dans la maison : « Faites-le passer chez moi, » dit Béranger.

« Bonjour, M. le Curé, vous venez voir ma pauvre Judith ! Si c'est par devoir, c'est bien ; si c'est par calcul, c'est mieux. D'ailleurs, je vous déclare que depuis huit jours elle n'a plus la tête à elle. Et puis voulez-vous que je vous dise, ajouta-t-il ; je n'ai jamais pu lui faire croire à rien. »

Tout le temps de sa maladie, qui a été longue, la bonne demoiselle n'a cessé de demander des nouvelles de tout le monde. Elle conserva sa raison jusqu'au dernier jour, et mourut en laissant un testament bien simple :

« Je laisse tout ce que j'ai à Béranger, et le charge de distribuer quelques souvenirs à quelques vieux amis. »

J'ai souvent été révoltée de cette question, à propos de cette vieille amie du grand poëte :

« Eh bien! comment va sa Lisette? c'est sa Lisette, n'est-ce pas? »

Il faut qu'on sache, une fois pour toutes, que mademoiselle Judith Frère a été la plus noble inspiratrice des chansons de Béranger :

Près de la beauté que j'adore,
Je me croyais égal aux dieux,
Lorsqu'au bruit de l'airain sonore
Le temps apparut à nos yeux.
Faible comme une tourterelle
Qui voit la serre des vautours,
Ah! par pitié! lui dit ma belle,
Vieillard épargnez nos amours.

Les Lisettes ne sont autre chose que les caprices d'une jeunesse emportée; mademoiselle Judith, qui inspira au poëte des vers comme ceux que je viens de citer, en était le plus doux sentiment :

Vous vieillirez, ô ma belle maîtresse
Vous vieillirez, et je ne serai plus.
Pour moi le temps semble, dans sa vitesse,
Compter deux fois les jours que j'ai perdus.
Survivez-moi; mais que l'âge pénible
Vous trouve encore fidèle à mes leçons,
Et bonne vieille, au coin d'un feu paisible,
De votre ami répétez les chansons.

Objet chéri! quand mon renom futile
De vos vieux ans charmera les douleurs,

A mon portrait, quand votre main débile
Chaque printemps suspendra quelques fleurs,
Levez les yeux vers ce monde invisible
Où pour toujours nous nous réunissons.. .

Une Lisette inspira-t-elle jamais un pareil amour ? fit-elle jamais éclater de si nobles accents ? Et le vieillard autant vénéré qu'aimé aurait-il pu présenter aux jeunes gens cette Lisette vieillie, qui n'aurait plus été que le souvenir des meilleures heures sans doute, mais avec lequel il est convenu qu'on ne doit jamais faire ménage ?

Tous les jours du chansonnier n'ont pas été bons ; il a eu *ses jours de pluie et de soleil*, l'habit râpé : *Depuis douze ans je te brosse moi-même ;* il a eu ses jours où il vivait de pommes de terre et de panade, qu'il accommodait le plus souvent lui-même dans son grenier de la rue de Bondi, chanté par lui à vingt ans de distance. Il passe un jour avec un ami devant cette demeure dont la fenêtre donnait sur le boulevard : « Ah ! dit-il, c'est là ;... nous étions heureux alors :.. » Et voilà la chanson du *Grenier* qui naît d'un souvenir. La jeune amie a partagé les hauts et les bas de la fortune, les espérances et les déboires du rêveur. Elle chantait gaiement ses chansons et même lui cherchait des airs pour ses sujets. Béranger lui en a dû un grand nombre. Il la consultait sur toutes choses, avait la plus grande confiance dans son bon sens, qui n'a jamais failli. On était jeune, on n'avait d'autre ambition que celle d'un peu de gloire. Le poëte racontait, aux veillées, des histoires à faire évanouir les jeunes filles de peur. Il touchait à la fin de chaque mois ses appointements de l'Institut; mademoiselle Judith travaillait, passait souvent les nuits à raccommoder les chaussettes et les chemises du chansonnier. Le dimanche venu, les souliers cirés, le chapeau brossé, quelques rubans dans un joli bonnet, la mine enjouée, fraîche, insouciante, les deux jeunes gens allaient cueillir les groseilles aux prés Saint-Gervais, et le soir danser et dîner à l'*Ile-d'Amour;* et pendant ce temps-là la réputation venait, en attendant la célébrité.

Comme Béranger, Judith avait conservé la mode d'un autre âge. Un tour blond foncé, frisé à l'anglaise; un bonnet à barbe en dentelle, avec serre-tête en dessus; une robe de soie couleur gorge de pigeon faite en douillette; l'air imposant d'une personne qui se respecte et respecte ceux qui l'entourent, les manières polies, la voix douce, le regard pénétrant, telle m'apparaissait mademoiselle Judith Frère.

Les amis de Béranger avaient pour cette charmante femme tout le respect, toute la vénération qu'on ne pouvait lui refuser et que commandait son caractère. Elle avait aussi ses pauvres.

Enfin, grâce à l'impertinence de je ne sais plus quel fabricant de nouvelles à tant la ligne, nous avons une lettre du chansonnier qui, en défendant sa vieille amie, nous donne quelques détails précis sur le rôle que Judith a joué dans sa vie. Nous citons un journal du temps :

« Nous avons reproduit, sur la foi de la *Démocratie pacifique*, la nouvelle du mariage de Béranger. L'éditeur responsable de cette fable était, à ce qu'il paraît, celui de l'*Assembléenationale*, à qui le poëte populaire adresse la lettre suivante :

« *A Monsieur le Rédacteur de*
» *l'*ASSEMBLÉE NATIONALE.

» Monsieur,

» Vous avez l'obligeance de m'envoyer votre

» journal depuis le 1er juin; mais je dois au » hasard de lire aujourd'hui votre numéro du » 30 mai.

» On y assure que je viens de me marier, que » j'ai épousé ma servante, et que tout Passy a » été l'heureux témoin de la noce.

» Parmi toutes les nouvelles fausses qui en- » richissent nos journaux, il n'en est pas qui » ait pu me surprendre plus que celle-là. Si » l'article n'intéressait que moi, je laisserais » courir cette nouvelle, même à Passy, qui ne » se doute guère du plaisir que lui a procuré » ce prétendu mariage *in extremis*.

» Mais il faut que vous le sachiez, monsieur, » la personne que votre collaborateur désigne » comme ma servante, et dont il donne le nom, » ce qui ajoute à la convenance d'une telle fa- » ble, est une amie de ma première jeunesse, à » qui je dois de la reconnaissance. Plus favori- » sée que moi par sa position de famille, il y a » cinquante ans qu'elle rendait à ma pauvreté » bien des petits services d'argent. Pour me » rendre service encore, lorsque tous deux » nous touchions à la soixantaine, elle voulut » bien se charger de tenir mon premier mé- » nage, que me forçait de prendre une tante

» infirme dont je voulais soigner la vieillesse.

» Vieux amis qui ne nous étions jamais perdus de vue, nous ne nous doutions guère que nos cent seize ans réunis sous le même toit fourniraient matière aux médisances du feuilleton, et la vieille demoiselle était loin de penser, toute modeste qu'elle est, qu'en la voyant établir autour de moi une économie indispensable à tous deux, on la prendrait pour la servante du logis, ce qui, après tout, n'eût blessé ni ses sentiments démocratiques ni les miens.

» Je ne croyais, quant à moi, son nom connu que de nos amis communs et de quelques indigents. Grâce à votre collaborateur, monsieur, ce nom est arrivé aux oreilles du public ; c'est pourquoi je suis contraint de faire connaître celle qui le porte.

» Vous jugerez donc, je l'espère, l'insertion de ma lettre juste et nécessaire pour détruire l'effet d'un article que je regrette de n'avoir pas connu plus tôt. Je ne me plains pas de l'esprit qui l'a dicté en ce qui me touche ; mais je crois de mon devoir d'apprendre à vos lecteurs que ma vieille amie a toujours eu trop de bon sens pour avoir désiré jamais

» d'être la femme d'un pauvre fou qui a mis » son bonheur en chansons et livré sa vie à la » discrétion des journalistes.

» D'après différentes anecdotes inventées sur » mon compte, et aussi invraisemblables que » mon prétendu mariage, je conclus, monsieur, » qu'il y a de ma faute dans tout cela.

» Malgré mon amour de la retraite, le désir » d'obliger m'a fait recevoir trop de visiteurs. » Jusqu'à ce que la délicatesse et le bon goût » empêchent de franchir les murs dont la loi, » dit-on, entoure la vie privée, il nous faut, je » le vois, fermer bien notre porte. Désormais, » je vais mettre un verrou à la mienne, et j'au- » rai l'obligation d'un peu plus de repos à votre » spirituel feuilletoniste.

» Remerciez-le donc de ma part, monsieur, » et recevez, je vous prie, l'assurance de ma » considération distinguée.

» Votre très-humble serviteur.

» Béranger.

» Passy, 5 juin 1848. »

Mademoiselle Frère est morte à quatre-vingts ans. Quelques amis l'ont accompagnée en silence à sa demeure dernière. Le bon Béranger était déjà malade depuis longtemps de la maladie qui devait l'emporter. Ses amis essayèrent de le détourner d'aller à l'église.

« Quels sont vos motifs pour vous y opposer? répondit-il; donnez vos raisons, je vous donnerai les miennes.

— Vous êtes souffrant; cela va renouveler en vous des impressions qu'il faut éviter.

— J'irai à l'église, répondit-il; je suis le plus vieil ami de Judith. Si je ne l'accompagnais pas, elle me ferait des reproches (1). »

Quant à Frétillon, c'est autre chose, c'est l'aimable débauche, la fantaisie, le résumé de toutes les perfections égrillardes, la goguette personnifiée. Elle est belle de cette beauté éveillée qui remonte à Watteau; elle avait équipage, laquais et diamants; mais toute cette friperie du luxe criard ne tient pas plus que les feuilles aux arbres, cela dure l'espace d'une saison, et quand le cœur est tendre, la bourse n'est jamais cadenassée: ce qui vient de la flûte s'en retourne au tambour; c'est la loi générale dans la basse cour de Cythère surtout, et l'on

(1) S. Lapointe.

ne s'étonne jamais de voir un jour sur la paille celle qui la veille éclaboussait les passants et ses amis intimes, — ceux-là surtout.

Elle est morte misérable et nue, la pauvre fille, sur un grabat d'hôpital peut-être. — L'amant, qui la connaissait bien, le lui a prédit le jour où elle a mis son cotillon en gage pour l'obliger. — Qu'importe! s'est-elle écriée; bah! la vie est courte, et nos poëtes badins affirment qu'il faut en descendre gaiement le fleuve. Frétillon tient non-seulement à ce qu'on dise d'elle, — c'est une bonne fille; mais aussi, — c'est un bon cœur. Elle n'a pas les idées de ces demoiselles des Galeries de Bois, qui, pendant les Cent-Jours, voyaient arriver de loin les hordes étrangères et s'enrôlaient parmi ces phalanges de soi-disant filles de noblesse qui jonchèrent les rues de fleurs et de rubans, lorsque les rois alliés entrèrent dans Paris.

Frétillon et Lisette sont patriotes avant tout: elles ne se donneront pas aux hussards de la mort, aux hulans, aux Cosaques, aux pandours de l'armée coalisée; et même, s'il le faut, elles cacheront sous la couverture trouée de leur taudis le *brigand* d'officier en demi-solde que poursuit la police, avide de faire du zèle et de prouver son royalisme de fraîche date, sa dernière et profitable palinodie.

Elles aiment le poëte, car elles l'estiment; elles ne lui ont jamais vu endosser l'*habit de cour* pour visiter aucune altesse ; elles le savent fidèle à sa vocation, et lui redisent toujours l'œil humide d'ivresse et de plaisir : — Chante, chante, pauvre petit! Et, à la barbe du sénateur qu'elles grugent, du gentilhomme qu'elles bafouent, elles entonnent le *Marquis de Carabas* et le *Vilain* avec de francs éclats de rire qui dérideraient même les plus austères. Frétillon est aussi cette bonne fille de l'Opéra à qui l'indulgence du poëte ouvre les félicités du ciel. Elle a secouru l'infortune et, — avec le prix d'une caresse, cent fois elle a sauvé la vertu.

Le jour où Béranger donna sa démission de commis-expéditionnaire des bureaux de l'Université, il chanta, au *Moulin-Vert*, le *Dieu des bonnes gens*. Le Moulin-Vert était une société chantante beaucoup plus nombreuse que celle du Caveau, mais moins aristocratique. Elle tenait ses séances à la barrière *Mont-Parnasse*. Certes, si les membres se nommaient les Lapins-Verts ou les Sans-Soucis,

Béranger en était le président. Sur la table exhaussée qui lui servait de fauteuil, on voyait un maillet de bois, taillé en forme de bouteille : c'était la sonnette du président.

La nouvelle chanson obtint un succès prodigieux dans cette assemblée populaire dont le poëte était l'idole. Il y eut, dit un témoin oculaire, des acclamations de joie et des trépignements d'enthousiasme. Mais, hélas ! les échos d'alentour en tressaillirent, le parquet de la justice s'en émut et le Moulin-Vert fut fermé par ordonnance de police, au nom du roi.

Les réquisitoires fulminèrent et la puissance du poëte ressortit bien évidente, bien solide de ce procès où l'on vit, chose nouvelle, un procureur confesser leur haute valeur en les qualifiant d'odes. Cette tactique, crue habile d'abord, fut au contraire désastreuse pour le parquet ; — car ceux qui n'eussent accordé qu'une attention légère à des chansons voulurent lire des poésies : si bien qu'en quelques jours la France fut incendiée. C'était la traînée de poudre, et le royalisme ne s'est jamais relevé de ces batailles terribles.

Béranger fut condamné. Les portes de Sainte-Pélagie s'ouvrirent pour l'auteur et le sacrèrent martyr. Il ne lui manquait que cette persécution pour lui donner des proportions gigantesques dans l'esprit de la multitude, et ce fut en vain que tout le clergé obéit au mot d'ordre sorti du ministère des cultes contre l'ancien expéditionnaire de l'Université : c'était plus que de la rancune, c'était de la rage ; mais les dévotes seules anathématisaient le bon chansonnier, et encore il n'est pas bien certain qu'elles ne cachaient pas, dans un coin secret de leur oratoire, un recueil doré sur tranches, en forme de *Paroissien*, des odes, au nombre desquelles se trouvent la *Sœur de charité*, *Lisette*, et autres petits chefs-d'œuvre d'indulgence pour le vice aimable dont, parfois, sont si friandes les belles et mondaines pénitentes.

Le poëte chanta les verroux, et Sainte-Pélagie devint un lieu de délices, où le champagne et les refrains coulèrent à flots. La réunion était toujours des plus brillantes ; car les prisonniers avaient du renom ou de l'esprit, choses qui vont si bien de pair en France. Il y avait là des représentants de l'intelligence en foule, gens de lettres, militaires, artistes et même financiers qui avaient eu l'art de savoir faire des dettes, et l'on ne peut se dispenser de remercier le pouvoir d'alors d'avoir confondu d'aimables viveurs avec les condamnés pour délits de presse. Sainte-Pélagie devint donc une succursale du Caveau, et tous les convives du Moulin-Vert y apportèrent tour à tour un reflet ou un écho du dehors. Un recueil de poésies et de chansons en sortit : *Momus à Sainte-Pélagie*, oublié aujourd'hui, et où le bibliophile retrouve avec amour les noms les plus connus et les plus aimés, en tête desquels brille tout naturellement celui de notre poëte.

Les chants continuèrent donc, et si bien, qu'une seconde condamnation vint s'abattre, quelques années plus tard, sur le front serein du barde. Il ne s'en effraya pas, c'était son auréole qui renforçait l'éclat de ses rayons. Mais, sous les verroux de 1829, il fut plus qu'un chansonnier, il fut un prophète; car la pièce des *Jours gras* est une menace et présage 1830. Du reste, Charles X qui, avant tout, était un homme d'esprit, si c'était un pauvre roi, avait traité avec Béranger de puissance à puissance. Le discours du trône avait été jusqu'à contenir une phrase à son adresse. C'était vraiment vouloir faire sa fortune, s'il eût été avide d'argent, et, à coup sûr, celle de son éditeur.

La chanson est terrible. Elle est cruelle, acérée comme la flèche du Parthe. On y sent couver toutes les colères du peuple. Il y a des pavés, du plomb et des barricades dans chaque vers. C'est peut-être une des pièces les plus énergiques des Œuvres complètes. On sent le courroux du vieux lion, la confiance suprême qu'il a en sa force.

La Révolution de Juillet voulut faire enfin *quelque chose* pour le poëte national de la France, pour celui dont le nom était dans toutes les bouches et dans tous les cœurs. — On lui offrit des places et la croix. On alla même jusqu'à vouloir lui confier le portefeuille du ministère dont il avait jadis été l'humble commis, mais il refusa tout. Fidèle à cet esprit d'abnégation qui se retrouve en lui en toute occasion, — il refusa pour lui-même, mais il accepta pour ses amis. A eux les places et les croix par boisseaux. Il n'est pas ambitieux, vous le savez bien, messieurs les vainqueurs du lendemain qui vous partagez le butin des vainqueurs de la veille. Qui sait, du reste, si l'on ne comptait pas d'avance sur ses refus. D'autres ont vécu des mets de cette table dont le sublime vieillard n'a pas même voulu les miettes.

Il rentra dans sa retraite, s'entoura de fleurs et d'amis chers et sûrs, cultivant la muse plus sérieusement, et donnant à ses chants une teinte de mélancolie et de tristesse que les évènements politiques ne contribuaient pas à adoucir. Les palinodies, les pasquinades, les platitudes dont il était témoin chaque jour, ou dont les échos lui revenaient, avaient rempli son cœur d'une juste amertume; mais il ne se sentait plus la force de maudire et de frapper. Avec l'âge, l'indulgence, — plus que l'indulgence, — une douloureuse insouciance, bien voisine du dégoût, lui est venue, et, ce n'est plus à sa philosophie qu'il fait appel. Il cesse de se confier, le verre en main, au Dieu des bonnes gens qu'il invoquait jadis. Il semble que son front penché, ce front où toutes les bonnes pensées, où toutes les bienveillances sont écrites, s'incline vers la tombe. Il a même le sourire placide, résigné, de l'homme qui se laisse aller au courant du fleuve, heureux de s'arracher aux misères humaines, certain qu'il est de retrouver ailleurs les compensations et les triomphes auxquels son âme aspire. Aussi, qu'elle est triste et terrible, cette élégie intitulée *le Suicide*. Il avait connu ces deux jeunes gens, tous deux étaient poëtes. Il les avait accueillis comme un père... Ils n'aimaient pas assez, dit Béranger. Ils n'avaient par la foi qui est tout amour. Les désillusions trop tôt venues sont une marque de faiblesse en soi-même, et celui qui se sent fort trouve le courage de lutter. Pauvres fous, pauvres enfants, ils ont monté vers le ciel en se donnant la main, portés sur la strophe brillante du poëte, absous par lui du crime de *désespérance*, et leurs noms, si avides de popularité, sont assurés au moins de vivre, grâce à ses chants, dans la mémoire des peuples.

Béranger a vu tomber la Bastille ; il n'a jamais aimé les rois ; il se rappelle toujours le beau soleil qu'il faisait le 10 août ; aussi, appelle-t-il de tous ses vœux le dernier jour de la royauté. Sa *Prédiction de Nostradamus* est là, effrayante. C'est l'Apocalypse de l'absolutisme, la fin des fins, une vision plus terrible que l'anéantissement des mondes et l'ouverture du vase aux sept sceaux. Il voit le dernier des rois, seul, nu, souffrant les maladies ou les tortures de la misère, la besace à l'épaule, le bâton du voyageur en main, demandant l'aumône sur son chemin et la recevant de la République.

Un instant il a cru à l'accomplissement de sa prophétie lorsque les barricades de 1848 ont eu raison, encore une fois, des baïonnettes de la royauté. Il a pu voir le dernier roi s'enfuir, vêtu en mendiant, par une porte basse de son palais, errer sur les routes et les plages, et gagner enfin la terre d'exil. Mais les hommes de cette nouvelle république n'avaient pas été surtout épurés par la lutte. C'est en vain que, pour sanctionner leur avènement, ils voulurent invoquer l'autorité du patriarche de nos libertés, — le vieux poëte ne croyait pas en eux. Il refusa, fier des suffrages pourtant, les honneurs que lui voulaient rendre ses admirateurs. Il avait trop souci de sa gloire, dira-t-on. Est-ce un reproche qu'on puisse adresser à un homme, lorsqu'on voit chaque jour tant d'écrivains et de poëtes, sur le front desquels Dieu mit le signe du génie, galvauder leur talent et tomber dans les misérables préoccupations du métier et du trafic !

Béranger est le plus beau type d'abnégation

et de stoïcisme que les âges modernes offrent à l'admiration des peuples à venir. Il faudrait remonter haut dans la nuit de l'histoire, pour lui assigner une comparaison encore incomplète.

Béranger avait quitté Paris et cherché à Passy le repos et l'isolement; il se réjouissait, le bon vieillard, d'enlever au monstre son droit de funérailles; mais la fatalité nous pousse. Né à Paris, l'enfant des Halles devait mourir en plein quartier populaire. On a suivi *de loin* le riche corbillard emportant la dépouille du prolétaire; des gardes nombreux éloignaient les ouvriers, ses enfants. Les ministres ont eu peur. L'enterrement est à refaire; le peuple le portera à bras, magnifique apothéose. Attendons!

Marie de Solms,
née Bonaparte-Wyse.

BÉRANGER.

La mort vient! Dans les rangs sa trouée est profonde,
Des gloires d'ici-bas décompte solennel,
Ceux dont le nom faisait le plus de bruit au monde,
Grands hommes dont la mort elle-même est féconde,
Sont rappelés par l'Eternel.

Voyez! en peu de temps, comptons les places vides:
Balzac, Lamennais, Suë, et bien d'autres encore;
Artistes, écrivains, champions intrépides,
Luttant par la pensée, esprits toujours avides
De la lumière aux rayons d'or.

Mais le plus grand de tous, celui dont la vieillesse
Goûtait d'avance au miel de l'immortalité,
Front ridé par les ans, cœur bouillant de jeunesse,
Il n'est pas épargné par la sombre déesse
Qui frappe toute majesté !

Béranger ! Béranger ! notre plus pure gloire,
Notre barde inspiré, l'Homère aux fiers accents !
Celui dont chaque vers vit dans chaque mémoire,
Idylle de l'amour, vaste chanson à boire,
Ode des jours retentissants !...

Qu'il est grand, cet homme stoïque !
Vertu robuste, cœur d'acier,
Au cénacle patriotique
Dans sa gloire intègre il s'assied !
En vain l'inconstante fortune
Frappe à sa porte à tour de bras ;
Toute richesse est importune ;
Qu'elle frappe... il n'ouvrira pas !

On lui disait, à lui, l'homme des doux mirages :
Tu chanterais bien mieux à l'abri du besoin ? —
Il répondait : — l'oiseau qui résiste aux orages
En sûreté s'envole au dessus des naufrages,
Chante, — et de sa pâture, un Dieu bon a pris soin !

Mais un homme viendra, froid et puissant, te dire :
C'est un triste festin, la gloire et la vertu...
On meurt sur un grabat en rimant la satire.
Tais toi, prends l'or, ou bien la prison, le martyre,
Poëte que choisiras-tu ?

Ah! je ne mordrai pas à cette vile amorce.
Non, je ne vendrai pas ma chère liberté!
Qu'avec tout mon passé, sans honte, je divorce?...
Mon inspiration, le secret de ma force
Résident dans ma pauvreté!

Préparez vos prisons, renforcez-en les grilles:
Ma muse embellirait le plus sombre séjour.
J'y porterai, du moins, bravement mes guenilles!
Le peuple est là qui sait renverser les Bastilles.....
Sans le hâter j'attends son jour.

Hommes noirs, c'est en vain que vos haines fertiles
Font par la calomnie ombre à mes purs succès;
Rentrez, rentrez sous terre, ainsi que des reptiles.
Vos mesquines fureurs expirent inutiles
Devant le bon sens des Français!

Je ne veux pas grossir les rangs de ces paillasses
Sautant complaisamment pour le tiers ou le quart.
Vers un appât honteux, des honneurs ou des places,
Combien des plus fameux, fils des plus nobles races,
Courbent leur échine avec art!

J'ai pour l'ambition tout le mépris du sage.
Le panache qui flotte au front des courtisans,
La croix des commandeurs, ce collier d'esclavage,
Ne valent pas la fleur dérobée au corsage
D'une fillette de quinze ans!...

Des croix et des rubans?... Oh! la rare merveille!
A tous nos émigrés on a donné des croix.

Tous nos chevaux de fiacre ont rubans à l'oreille!...
Parlez-moi d'un bon vin, vieilli dans la bouteille;
Voilà la merveille, et j'y crois!

Amie et fidèle et discrète,
Je puis me confier à toi,
Te dire ma peine secrète,
Te raconter une amourette,
Sans te voir, ô, chère muette,
Jamais abuser de ma foi!

Sais-tu, douce cause du rire,
Qu'avec toi mon cœur est content;
Que, pris du besoin de médire,
Je te dois plus d'une satire,
O bouteille! et, qu'en ton délire,
Un jour passe comme un instant?

Ma route est immuable et constante, elle est *une*.
La pure vérité guida mes premiers pas.
Flatter les dieux du jour est une loi commune:
Pour moi, *je n'ai jamais flatté que l'infortune*:
Je ne changerai pas!

Les révolutions ont passé sur sa tête.
Il a vu les grands jours de l'humaine tempête.
Il a vu l'échafaud si fécond en terreurs,
La république altière et ses quatorze armées
Promenant sur l'Europe, au bruit des renommées,
Les étendards aux trois couleurs.

Il a vu s'élever, des montagnes de Corse,
L'homme qui, dans les camps, seuls appuis de sa force,

Traîna, les poings liés, la révolution ;
Et, pour se maintenir, bouleversant le monde,
Lui légua, condamné par son œuvre inféconde,
Le deuil de son ambition...

Il a vu l'étranger, dont les noires cohortes
Ont forcé nos remparts, brûlé nos places fortes,
Représailles du mal que firent nos canons,
Briser nos monuments, nos arches triomphales,
Pour ramener chez nous, aux crins de leurs cavales,
Les marquis avec les Bourbons...

Il a vu Charles Dix et la gent jésuitique,
Le règne des bourgeois ; une autre république
Grande dans les desseins que nul n'exécutait...
Il a vu tout cela, le vieillard, notre Barde,
Et, sans cesse, — cadran qui jamais ne retarde —
Sa grande voix toujours chantait !

. . . .

Mais la mort l'a touché de son doigt implacable...
Son âme grandiose a rejoint l'Eternel ;
Ce qui reste de lui, dépouille vénérable,
Repose auprès de Manuel.

C'est en vain qu'au talon l'orthodoxe couleuvre
Le veut mordre,— il n'est point de ceux qu'on voit finir
Nous avons sa pensée immortelle en son œuvre,
Il appartient à l'avenir !

Marie de SOLMS,
née Bonaparte-Wyse.

Aix, 15 août 1857.

CORRESPONDANCE ET ANECDOTES.

LETTRES ET POÉSIES INÉDITES
DE BÉRANGER.

DEUXIÈME PARTIE.

BÉRANGER A Mme DE SOLMS.

. . . .

Si je ne suis pas complètement de votre avis, ma belle et chère enfant, sur M. Ponsard, et je vous ai expliqué mes raisons, je conviendrai

Note de l'auteur. — Je n'ai pas eu le courage de mettre en ordre ces lettres dont quelques-unes ont été écrites quand j'étais jeune fille, il y a 8 ans et plus; je laisse à l'intelligence du lecteur le soin de les classer; plusieurs sont adressées à ma mère et à Eugène Suë.

du moins avec vous, et, cet aveu ne me coûte pas le moins du monde, car il est l'expression de ma conviction sincère, que ses vers sont admirables. Je crois que, comme poésie, c'est ce que notre siècle a produit de mieux au théâtre. Je le trouve non-seulement inattaquable quant à la forme, mais digne des plus grands éloges. . . . .

BÉRANGER.

Votre poésie à Gioberti, ma chère enfant, est admirable, malgré quelques inégalités dans la forme. Quant à votre étude, je l'ai trouvée finement observée et gracieusement écrite. Il y a de la profondeur et cependant de la légèreté. Travaillez. Travaillez. L'imagination ne vous fera jamais défaut. Vous en avez trop, si cela peut se dire. Votre pierre de touche, la pierre de touche de votre avenir, de votre talent, de celui que je crois que vous aurez, c'est l'activité fébrile qui vous dévore, la hâte avec laquelle vous écrivez, et qui fait que, pour en avoir plus vite fini, vous exprimez une idée juste par un mot qui ne l'est pas. Attachez-vous toujours, et en toute occasion, soit dans la prose, soit dans la poésie, à trouver le mot juste. Évitez les équivalents ; ils rendent la phrase douteuse ; ils obscurcissent la pensée. Je ne sais rien. Je ne suis qu'un ignorant, mais je crois posséder ma langue aussi bien que qui que ce soit. Je la *tiens;* il est vrai que c'est là seule. Je n'ai jamais écrit une ligne sans consulter mes dictionnaires que j'étudie sans cesse depuis 40 ans. C'est ma principale lecture, celle qui est la plus féconde en enseignements toujours nouveaux. Sans mes dictionnaires, je serais incapable de faire dix vers. N'allez pas vous imaginer au moins que je parle du dictionnaire de M. de Lanneau, quoiqu'il ait bien aussi son utilité. . . . . .

. . . .

Serrez affectueusement la main à Suë, dites à L. que je lui conserve un tendre et affectueux souvenir et croyez-moi votre ami dévoué.

BÉRANGER.

Ma chère petite enfant, Louis XIV m'a semblé très-boudeur ce matin ; madame de Maintenon est impuissante à le distraire. Savez-vous que c'est une maladie bien terrible que d'être toujours sans trêve ni repos occupé de soi-même. Votre cher professeur eût été plus heureux, s'il avait été moins égoïste. Je le plains, c'est si bon de songer un peu aux autres. Est-ce à dire que le catholicisme retrécit l'esprit? Quand on pense que j'ai commencé par écrire des idylles chrétiennes. J'ai fait aussi mon *Jocelyn;* mais il était bien plus naïf et plus campagnard que celui de Lamartine, sans compter qu'il n'y avait pas de Laurence !...

BÉRANGER.

Du latin à moi, chère enfant, que vous ai-je fait pour mériter cette cruelle plaisanterie? je ne comprends pas, voilà tout ce que je puis répondre à votre charmant envoi. Je n'ai jamais su décliner *musa,* la muse, ni *rosa,* la rose, et mes études classiques se sont bornées à la première page du de *Viris Illustribus*. L'on m'a toujours accusé d'avoir imité Horace : reproche plaisant, moi qui ne le connais que par vos traductions. C'est très-mal à vous, méchante enfant, de m'avoir contraint à vous avouer mon ignorance. Ne m'envoyez donc plus de latin. Notre pauvre Fély n'est, hélas, plus là pour vous traduire, et votre serviteur n'a jamais su parler que la langue du bon roi Dagobert. Pardonnez-lui donc, et ne lui en voulez pas, s'il vous aime, vous comprend et vous chante en français, que vous importe de plus? . . . .

Mars 1855. BÉRANGER.

. . . .

Ces poésies de Louis Berthaud que vous me communiquez, ma chère enfant, sont admirables. Quel dommage qu'il ne soit plus. J'aurais été le serrer dans mes bras et lui dire : Et vous aussi, vous êtes poëte. C'est du Barbier. Quelle énergie et quelle vérité. — La lecture de la fille du peuple m'a arraché des larmes. Si vous publiez *ce trésor*, je vous conseille toutefois d'en retrancher quelques vers, non pas qu'ils ne soient très-beaux; mais sous la plume d'une jeune femme, *sous la vôtre*, ils pourraient choquer la délicatesse de certaines gens. . . . .

1856. BÉRANGER.

J'aurais été vous voir hier, ma chère madame; mais Minette m'a fait des siennes : elle a disparu depuis jeudi et n'est pas encore rentrée. Judith est au désespoir, et moi je n'ai pu dormir cette nuit. Si elle reparaît demain, je serai chez vous avant midi; dans le cas contraire, pardonnez-moi, mais j'aime cette bête; si elle devait ne plus revenir, nous ne nous en consolerions pas : elle fait partie de ma famille...

Je rouvre ma lettre pour vous dire que Minette est de retour au logis. Pauvre bête; il paraît que c'est un caprice pour certain matou du voisinage qui l'a retenue si longtemps....

BÉRANGER.

. . . . , ...

Pardonnez-moi, ma chère enfant, si je ne puis retenir mon envie de rire; mais notre pauvre Balzac est détestable dans *Collatin*. Votre répétition m'a beaucoup amusé. — Je n'ai jamais rien vu de plus comique que cette représentation tragique. Je voudrais que l'auteur fût là; je suis capable d'aller le chercher sans le connaître. Si jamais succès devait être expié, ce serait le sien en vous voyant tous. Il est impossible de réunir plus de gens d'esprit que vous n'avez fait pour mettre à exécution une idée plus saugrenue. Une tragédie, Lucrèce encore, en plein dix-neuvième siècle et dans un salon! Il est impossible d'avoir fait de ces gens d'esprit des acteurs plus détestables et des caricatures mieux réussies. . . . .

. . . .

BÉRANGER.

Paris, 1854 (1).

Puisque notre ami Suë a oublié de vous don-

(1) Les quelques lettres qui suivent m'ont été écrites par Béranger lors de mon court séjour incognito à Paris. Un de mes amis avait eu la complaisance d'aller loger

ner l'adresse de madame Sand, je vous dirai que je m'en suis informé auprès de L., qu'elle aime beaucoup et dont elle vous parlera probablement. Elle demeure rue Racine, n°3. Vous la trouverez toujours avant midi. Si vous ne vouliez pas y aller avec votre ami, je pourrais prier La.... d'aller vous prendre rue de l'Université. C'est un charmant garçon plein de cœur et de talent que vous ne serez pas fâchée de connaître. — Si vous voulez aussi que j'aille vous voir, donnez-moi un rendez-vous. Le portier de votre poëte m'a dit qu'il demeurait très-haut (là n'est pas la difficulté); mais que vous n'y étiez jamais, et qu'il fallait vous demander une audience comme autrefois... J'attends donc les ordres de... VOTRE ALTESSE.

Si j'étais plus valide, j'irais faire antichambre jusqu'à ce que je vous trouve; mais je suis bien mal portant et je demeure si loin que je suis obligé de vous demander de me fixer un jour et une heure. Allez-vous tous les soirs à l'Odéon? Bon courage....

Dites à M. Paillet combien j'ai été heureux,

à l'hôtel et de me céder son logement. Précaution inutile; la police ne tarda pas à me découvrir et je fus arrêtée pour avoir rompu mon ban.

malgré ma sauvagerie, qu'il ait bien voulu vous accompagner chez moi, lorsque vous avez daigné y venir, etc. . . . .

. . . .

BÉRANGER.

Vous avez bien raison, Planche est un grand critique : c'est un des hommes les plus remarquables de ce temps. Son jugement est infaillible, son coup d'œil sûr, son courage littéraire imprudent. Je lui ai fait votre commission : il sera charmé de vous connaître ; mais peut-être feriez-vous mieux de lui donner un rendez-vous ailleurs, chez Ricourt, par exemple, qui vous donne des leçons, je crois. — Je ne sais pas jusqu'à quel point il lui sera agréable d'aller vous voir chez votre poëte.

Madame D'A.... dont vous me parlez est une des *illusions* de votre ami. C'est une fausse femme d'esprit, ennuyeuse, pédante, prétentieuse et compromise. Je n'y mets pas les pieds. Puisque vous avez vu madame Sand, demandez-lui ce qu'elle en pense. Quant à moi, je n'ai jamais dit de mal de personne ; mais je déteste les femmes qui écrivent, quand elles ne sont ni belles ni bonnes.

BÉRANGER.

Paris, octobre 1854.

Je vous remercie du cadeau que vous m'avez fait des *Châtiments :* je les lis et relis depuis hier. C'est admirable. La dernière pièce surtout est d'un lyrisme et d'une énergie de pensée que Hugo n'avait jamais atteints. Je suis en relations avec lui maintenant. Nous nous écrivons souvent ; j'en suis fier : c'est le poëte du siècle par excellence . . . .

BÉRANGER.

. . . .

Je vous envoie les poésies de madame Colet que vous me demandez. Je suis bien aise qu'elle vous soit sympathique ; elle a vraiment du talent et ses vers sont fort beaux. Il est de mode, je ne sais pourquoi, de l'attaquer : c'est un tort; elle est belle, aimable, spirituelle : c'était assez pour avoir des envieux. Il y a moins de partialité qu'on ne croit dans les prix qu'elle a remportés. Puis enfin, M. Cousin en fait le plus grand cas, et M. Cousin est l'homme le plus spirituel de France. Je regrette que vous ne soyez plus ici, j'aurais aimé à vous lier ensemble. Je me rappelle la dernière visite que je vous ai faite, cette soirée passée chez vous ; vous aviez dans votre salon *toutes les muses* de Paris, madame Anaïs Ségalas, madame Ancelot, etc., etc. Madame Colet vous manquait. Je suis convaincu qu'elle vous aurait trouvée charmante ; mais vous devez l'avoir vue chez madame Récamier. Dites-moi ce que vous pensez du *Monument de Molière*. . . . .

. . . .

BÉRANGER.

La mort de votre illustre, chère et vénérée grand-mère à laquelle je m'attendais si peu m'a vivement affecté, ma chère enfant; c'est à l'excès de cette tristesse que vous devez de recevoir si tard mes compliments de condoléance. C'est une noble femme de moins sur la terre, un grand cœur et un charmant esprit éteints à jamais. Pour moi, je me rappelle avec bonheur et émotion son dernier voyage à Paris, où je la retrouvai la même que 30 ans auparavant. Les visites que je lui fis chez madame de Mirbel et rue de Bourgogne comptent encore parmi mes meilleurs souvenirs, et à ce souvenir vous êtes unie, chère enfant, puisque j'avais presque toujours le bonheur de vous voir à votre petite table près de la fenêtre. L'article que vous m'avez envoyé est très-bien écrit et retrace à merveille sa vaillante conduite et son intelligence d'élite. Quoi qu'il advienne, elle est et aura été une des femmes de notre temps. Mais vous êtes un peu sévère, vous et notre ami, sur les poésies de madame Lucien Bonaparte. Il y a de fort belles choses dans *Bathilde, reine des Francs* ; le quatrième chant, la scène des druidesses, a un grand mérite comme couleur locale et harmonie de vers. — Je suis peut-être partial en ce qui concerne votre grand-père et sa femme ; mais Lucien m'a toujours fait l'effet d'un maître, et j'en suis encore à admirer sa fameuse tragédie, vous savez!— Entre nous, je crois bien que les quatre vers qui ont tant excité vos sarcasmes, ont été ajoutés par moi la veille de la lecture de Mennechet. Et voilà comme vous me traitez! Si Eugène Suë écrit quelque chose sur madame Lucien, envoyez-le-moi. Je voudrais bien aussi apporter mon tribut de regrets et de larmes; mais, sans compter que ma muse est en fuite depuis longtemps, il serait très-difficile de dire ici tout ce que fut cette illustre victime d'une tyrannie injuste. Ah! le temps n'avait pas affaibli ses ressentiments; elle en voulait 40 ans après à l'empereur, comme aux premiers jours de sa proscription; je vous le répète, c'était une femme. . . .

. . . .

BÉRANGER.

. . . .

Non, certes, vous n'êtes pas dans le vrai; vous vous y connaissez mieux que moi, c'est possible, mais j'ai raison. Votre admiration pour Delacroix n'est pas raisonnée; vous parlez en enthousiaste et non en artiste. Je me charge en dix minutes de vous faire convenir que vous avez tort. Parlez-moi de Decamps ou d'Ary-Scheffer, à la bonne heure ; mais ne vous mettez pas à genoux, comme vous le faites, devant ce faiseur de gâchis[1].

. . . .

BÉRANGER.

. . . .

Non, ce n'est pas de l'injustice, mais votre buste est déplorable, ma chère enfant. Rude m'a dit que jamais Pradier n'avait été aussi mauvais, et, certes, ce n'est pas l'envie qui le fait parler ; il y a entre eux la même différence qui existe entre les poésies de Laprade et celles de Lamartine. . . . .

BÉRANGER.

---

14 mai 1857.

. . . .

Si vous voyez Louis Blanc à Londres, ma chère amie, dites-lui mille choses de ma part; son *His-*

[1] *Note de l'auteur.* — Cette qualification appartient à Béranger ; elle est loin d'avoir notre approbation.

toire de dix ans est un chef-d'œuvre. Je suis tout fier de penser que c'est moi qui ai découvert *cet enfant sublime*, comme dirait Châteaubriand. Il écrit comme Voltaire et raconte comme Saint-Simon. Oui, c'est moi qui l'ai mis dans sa voie; demandez-le-lui. C'est une des organisations les plus complètes que je connaisse.

. . . .

BÉRANGER.

Janvier 1857.

Vous ne pouviez mieux vous adresser qu'à moi pour avoir des renseignements au sujet de madame Blanchecotte. Beaucoup de cœur et de dévouement, un charmant esprit, un talent incontestable, une connaissance approfondie de la langue et de la littérature anglaise, une grande égalité d'humeur, voilà ce qu'est la femme de l'ouvrier de Morfontaines. S'il ne vous fallait pas absolument une musicienne, je vous engagerais vivement à la prendre pour demoiselle de compagnie. Voulez-vous que je lui en parle. Elle vous soignerait en sœur (elle a un tact exquis), et votre fils aurait une ma-

man pleine de sollicitude de tous les instants.

C'est une nature fière, poétique, qui serait à son aise chez vous, ma belle républicaine, et dont vous n'auriez qu'à vous louer sous tous les rapports. Elle avait fait la faute l'an passé d'aller chez une amie de Brohan, une belle dame. . . . .
qui ne l'a pas fort bien traitée à ce qu'il paraît. Elle est revenue un peu désenchantée de son essai. Excepté chez vous, où elle trouvera un intérieur de *princesse* artiste et une amie, je ne l'engagerais certes pas à tenter encore une fois les douloureuses amertumes de cette situation toujours si pénible. Mais, à vos côtés, ce sera un encouragement de toutes les minutes, et cette pauvre femme aurait enfin la vie qu'elle a rêvée et se relèverait de toutes les humiliations passées. — Vous ferez, si vous le faites, une charmante acquisition et une bonne action. . . . .

BÉRANGER.

1856.

Je pardonne à votre ami, chère républicaine, de me diminuer : il n'est pas mon homme je comprends et j'excuse le naïf sentiment de rancune satisfaite avec lequel vous appuyez sur ses critiques, pour me punir de n'avoir pas mesuré les miennes en vous parlant, chère enfant. Il n'est pas mon homme, c'est vrai ; mais je ne me fâche pas le moins du monde de ce qu'il vous a dit de moi, *il a raison,* complètement raison. On m'a *surfait.* Me comparer à La Fontaine, c'est un blasphème. M'égaler à Horace, c'est une absurdité. Toutes ces louanges insensées n'auraient réussies qu'à me rendre ridicule, si, de bonne heure, je ne m'étais habitué à les prendre pour ce qu'elles valaient. Il est donc mille fois dans la vérité, de même que je suis, moi aussi, dans le vrai en trouvant l'*honneur et l'argent* assommant. Mais, ce que je ne lui accorde pas, c'est la part qu'il fait à la chanson. La chanson est un genre très-difficile à traiter. Sans doute, la pensée acquiert de la vigueur, grâce au refrain ; mais cette obligation de l'asservir à ce même refrain en gêne le développement et l'étendue. Cette obligation d'enfermer une pensée élevée dans un petit espace ôte de la clarté à l'expression. Il est très-difficile de rester simple et naturel sans sortir de son sujet. Il faut amener le refrain sans que cela paraisse forcé, et on n'y arrive que par le travail le plus assidu et le plus persévérant. Je crois, tout au contraire de votre ami, que la chanson est un des genres les plus difficiles et les plus rebelles à traiter. Ce n'est pas pour rehausser mon petit mérite : celui qui me découvrira de la vanité sera bien fin. Mais, enfin, il y a toujours eu plus de bons auteurs dramatiques que de gens excellents dans la chanson, etc. . . . .

BÉRANGER.

Chère enfant, Judith croit avoir trouvé le secret de votre fameux pouding anglais. J'en ai goûté, ce n'est guère bon ; mais, enfin, comme il se pourrait que vous ne fussiez pas du même avis, le petit Pierre vous en portera un échantillon ce soir, et s'il est de votre goût, Judith le recommencera mardi à votre intention.

. . . .

BÉRANGER.

Le feuilleton en français de Chambéry m'a presque fait pleurer, *chère fée*, malgré ses incongruités de style. Que n'étais-je là pour jouir de vos triomphes? Ah! combien je me serais amusé. Que vous êtes aimable d'avoir pensé à moi. Envoyez-moi une copie de toutes vos comédies et de celle de Ponsard : on dit qu'elle est charmante. Il jouait Horace, n'est-ce pas? Ce vilain Horace qui m'a causé tant d'ennuis. La fera-t-il imprimer et la donnera-t-il au théâtre[1]? . . . .

BÉRANGER.

. . . .

Vous me grondez à tort, chère fée; je vous jure sur l'honneur qu'il m'était impossible d'agir autrement; mais, que diable! on ne m'accusera pas d'être un courtisan, moi qui n'ai jamais voulu rien être. . . . .

. . . .

BÉRANGER.

[1] *Note de l'auteur.* — Béranger ne savait pas, à ce qu'il paraît d'après cette lettre, qu'une Ode d'Horace n'était pas inédite et appartenait au répertoire du Théâtre français depuis 3 ans.

Vous avez deux grandes similitudes avec Victor Hugo, ma chère enfant, le laconisme du style et la rapidité de l'écriture, par cela même presqu'illisible souvent. Je n'ai pas perdu cependant un mot de vos trois petites pages, nombre *divin*, dont vous ne m'avez gratifié cette fois, sans doute, qu'en dédommagement de notre séparation. Merci de cette munificence inusitée, derrière laquelle je vois quelqu'affection; car, si elle existe réellement, elle me fait votre *égal*, et je me contente de la justifier par la mienne. . . . .

BÉRANGER.

. . . .

J'irai voir L...s; je l'aborderai, votre vœu bienveillant à la bouche; car il est d'usage de s'apporter des cadeaux en venant de loin, et quoi de plus précieux que votre désir de la connaître? Au reste, elle y gagnerait; car ma plume n'a pu vous donner le calque de sa piquante originalité, et vous n'y perdriez pas, vous qui cachez l'appétit de l'observation sous l'apparente indifférence de la satiété. Combien je vous félicite de votre trève avec vos opinions politiques et de votre alliance avec les plaisirs de la cité ducale. Le fanatique stoïcisme ne me semble pas valoir, même chrétiennement parlant, la charmante philosophie épicurienne. Dieu nous veut heureux, puisqu'il est bon. J'ai nommé Victor Hugo, c'est vous dire que je suis sous l'impression de ses œuvres. En effet, je lis la plus sublime, comme inspiration et poésie, comme la plus. . . . .

Victor Hugo est bien certainement notre plus grand poëte lyrique. Jean-Baptiste Rousseau n'en approche pas. Mon enthousiasme pour son talent égale ma douleur de le voir persister à en rendre veuve notre chère patrie! Les lois, les institutions, les gouvernements changent de *nationalité;* les mœurs, le sol et l'air ne changent pas; c'est tout cela que résume le mot *patrie.* Rien n'excuse de lui ôter son illustration, son appui, son flambeau, son dévoûment *absolu,* ses ovations ou ses consolations! .
. . . .

Béranger.

Note de l'auteur. — Je suis loin d'approuver cette

★

lettre de Béranger; toutefois j'ai cru devoir la citer afin de montrer combien était grande la sympathie du chansonnier pour notre sublime poëte.

. . . .

Est-ce pour vous moquer de moi que vous m'appelez bonapartiste? Allons donc! . . . .

. . . .

Mais, malgré mes chansons, je n'ai pas même été le partisan de l'*autre*, qui avait cependant une certaine grandeur prêtant à la poésie. Je ne l'ai point loué en 1810, mais je l'ai chanté après sa mort, c'est vrai. Il me semblait que ce rôle me revenait. Peut-être me suis-je trompé; mais, en tous cas, ce n'était pas le fait d'un courtisan. D'ailleurs, je n'ai jamais dissimulé ma manière de voir, et je sais bien que c'est grâce au Code civil que nous avons vu l'ennemi entrer en France chapeau bas. Je me rappelle avoir eu conversation fort animée à ce sujet avec Laffitte et Hugo. . . . .

. . . .

BÉRANGER.

Je suis bien content que les vers de mon ami Lapointe vous aient plu. Si vous étiez ici, j'aurais aimé à vous le faire connaître. C'est le type de l'ouvrier-poëte ; un talent réel, un peu inégal quelquefois, mais plein d'élan; avec cela le plus noble cœur du monde. Telle que je vous connais, vous ne manqueriez pas de l'apprécier. Votre grand-mère, à laquelle j'avais envoyé son premier volume, en faisait le plus grand cas. . . . .

BÉRANGER.

. . . .

Votre lettre est charmante, ma chère enfant, et je vous remercie pour mon ami Michelet du naïf enthousiasme avec lequel vous exprimez votre sympathie pour lui. Vous avez *dû* vouloir mettre Paris à feu et à sang, du joli petit caractère dont je vous connais, en trouvant le cours fermé. Mais cela devait arriver ; il était non-seulement éloquent, mais audacieux. Quand je pense qu'à sa première leçon il a redemandé le Panthéon pour Mirabeau, en s'écriant qu'une expiation d'un demi-siècle dans le cimetière de Clamart suffisait et qu'il appartenait à la France de réhabiliter un de ses plus grands hommes. C'était là de nobles paroles, dignes en tout point du grand citoyen et de l'homme courageux qui a osé dire que le peuple était sa muse. Michelet a du génie; Lamennais me le disait encore l'autre jour. Son Tableau des commencements de la révolution contient des pages sublimes; c'est un des plus beaux monuments d'histoire de ce temps. . .

. . . .

Je ne suis pas de son avis sur Robespierre; j'ai toujours détesté ce *rhéteur*, même dans les vers de M. Ponsard, qui sont fort beaux par parenthèse et d'une grande exactitude historique. Tous ces terroristes n'ont été pour la plupart que des hommes assez ordinaires; ils étaient la hache du peuple, et le peuple est comme les enfants, il ne faut pas lui laisser trop longtemps dans les mains un instrument dangereux. On finit avec l'excès, après avoir commencé par le droit, et l'on compromet la cause la plus sainte. . . .

. . . .

BÉRANGER.

Je vous remercie de l'envoi que vous me faites de la poésie des *Charmettes*, c'est très-joli ; il y a quelques vers très-heureux ; je les ai notés. Ils sont d'une heureuse inspiration, et trahissent l'honnêteté du cœur de leur auteur. Ces vers m'ont étonnés ; je ne croyais pas que M. Ponsard put sortîr du domaine de la tragédie d'une façon si dégagée et avec autant de bonheur ; il paraît que vous faites des miracles. Je n'ai jamais rien lu de votre ami (auquel je reconnais cependant un grand talent) qui m'ait fait plus de plaisir.

Changer en collier de corail
Sa guirlande de roses blanches,

c'est très-poétique et très-ingénieux. Ce qui m'a charmé surtout dans ces vers, c'est que M. Ponsard ne s'est pas fait l'apologiste de Rousseau. Vous qui l'admirez en enthousiaste, vous allez m'en vouloir ; mais je ne comprends pas que passé vingt ans on se passionne pour Rousseau. Cœur sec, égoïste sublime, Rousseau n'a jamais eu que de la chaleur de tête. Il n'a qu'un but alors qu'il paraît le plus emporté par son éloquence calculée, c'est de montrer son génie, c'est de se produire, et se faire admirer. C'est le phare littéraire de la révolution. J'approuve fort madame d'Houdetot d'avoir été *cruelle*, et, malgré ce que vous appelez mes injustices envers M. Ponsard, j'aime mieux que vous soyez sa *contemporaine* que celle du philosophe de Genève. Et voilà un homme qui ne va pas m'adorer, et qui aura le courage d'abuser de son influence pour me diminuer à vos yeux! Ce qui prouve, une fois de plus, qu'on ne connaît pas ses amis. . . . .

BÉRANGER.

Remerciez de ma part notre ami Suë, ma chère enfant, du gracieux envoi qu'il m'a fait d'*Une Page de l'histoire de mes livres*. J'ai reçu le commissionnaire, malgré ma sauvagerie; ne m'apportait-il pas des nouvelles de vous deux! A propos, il est très-aimable ce commissionnaire, fort spirituel, des mieux pensants. Il est on ne peut plus dévoué à une charmante petite républicaine que vous connaissez, et enfin, c'est un grand acte de courage que de faire entrer à Paris un livre aussi séditieux. Je vous ai reconnu dans le charmant portrait tracé par notre ami, Il n'est qu'une photographie, c'est son plus bel éloge. Toutes vos vaillantes qualités de cœur et d'esprit se retrouvent dans cette éloquente étude. Toutefois, à mon avis, il ne vous a pas faite assez femme, et un de vos plus grands attraits à mes yeux, c'est de l'être jusqu'au bout des doigts. Savez-vous que c'est un très-grand honneur d'avoir Eugène pour biographe. Aucune femme de ce siècle n'aura été favorisée à ce point-là. C'est une tâche *ingrate* que celle du biographe qui n'est entreprise, en général, que par des écrivains de second ordre ; mais vous méritiez cette distinction. Allez-vous, belle vaniteuse, envier encore *Elvire*, cette pauvre Elvire à laquelle vous avez volé son lac ; malgré Lamartine, pour la postérité, ce sera toujours le vôtre ; votre présence a chassé son souvenir. Ce livre aura un heureux résultat. Mais pourquoi parler de ces calomnies : cela m'a blessé dans ma délicatesse pour vous ; c'est les apprendre à ceux qui les ignorent, et il suffit de vous approcher pour savoir à quoi s'en tenir ; *la bonté armée* aussi est un joli mot : il rend bien ce que vous êtes. Vindicative jusqu'à la cruauté quand vous êtes offensée ; mais bonne jusqu'à la faiblesse en présence de la bienveillance. Une vertu vous a manquée à Lamennais et à vous, celle de savoir pardonner. Vous étiez aussi perfidement méchants et aussi adorablement bons l'un que l'autre, aussi défiants et aussi candides, aussi modestes et aussi orgueilleux ; ce sont ces ressemblances de l'enfant et du vieillard, ces contrastes de qualités et de défauts identiques qui ont uni vos deux natures et qui ont fait que vous vous aimiez tant. Vous êtes la miniature de Lamennais, chère fée. . . . .

. . . .

Parlez-moi d'Eugène Suë, à la bonne heure, c'est la candeur, la bonté, le dévouement, la bienveillance personnifiée. Quel faux fanfaron de vice, quelle adorable nature ! Ah? je l'avais bien jugé quand je vous recommandais à lui et lui demandais d'être votre ami. Si vous saviez que d'argent il m'a envoyé, que de touchantes infortunes il m'a aidé à secourir lorsqu'il demeurait rue de la Pépinière. Il donnait sans compter ; son cœur n'était jamais muet à la pitié ; sa bourse toujours ouverte. Si vous saviez combien il vous est dévoué. Ah ! savoir aimer et aimer ainsi, c'est déjà être bon. Je suis sûr qu'il se sera fait des ennemis avec son livre... Mais il n'a rien calculé ; il accomplissait un *devoir de cœur et d'honneur*, comme il dit. — Si vous avez une occasion sûre, envoyez-moi une dizaine d'exemplaires d'*Une Page de l'histoire de mes livres*, je les placerai en bonnes mains. J'ai prêté le mien à Planche qui ne me l'a pas rendu. Qu'est-ce que c'est que cette histoire de dédicace qu'Eugène raconte avec grande colère et force réticences contre Michel Lévy. Êtes-vous enfant à ce point-là? Avez-vous réellement souffert de cette... poltronnerie de Michel Lévy? N'est-ce pas un conte? Il fallait aller chez Perrotin ; en voilà un qui n'a pas peur et qui n'est pas intéressé. En définitive, tout cela est assez louche ; si on ne vous a pas ôté tout votre esprit, vous vous consolerez. Que diable ! toute cette fameuse pièce ne vaut pas une larme de la Fée Bonheur.

BÉRANGER.

. . . .

Vous avez bien raison d'employer vos soirées à lire Montaigne et Rabelais ; je les étudie depuis 40 ans, et ils m'apprennent toujours quelque chose de nouveau. Malgré mon admiration pour Voltaire, je suis obligé de convenir qu'on pourrait lui contester la valeur littéraire de ses œuvres. Rabelais était bien plus original et bien plus naïf; s'il avait été moins austère et aussi rusé que celui-ci, il eût conquis et conservé la première place parmi les réformateurs.

. . . .

Pourquoi lisez-vous . . . . c'est un livre faux, mal écrit. J'ai toujours eu l'Angleterre et les Anglais en horreur; leur gouvernement est mille fois plus hypocrite que celui de l'Autriche. . . . .

BÉRANGER.

Votre ami a mille fois raison; jamais la fécondité ne s'appellera le talent. M. Ponsard est dans le vrai, et peut-être est-ce à la lenteur avec laquelle il écrit qu'il doit cette poésie harmonieuse, mâle et sonore qui lui est propre. Je l'ai dit bien souvent : « Il n'y a que le temps pour improviser les bons vers. » Quand ils me viennent avec trop de profusion, je le regarde comme un malheur : en poésie, il faut s'appliquer à rendre en aussi peu de mots que possible une idée juste, et ne point l'exprimer différemment qu'on ne le ferait en prose. Il faut que les vers puissent être lus en prose et paraissent naturels, comme la plus simple des conversations : là est la difficulté. Bien des gens se croient poëtes, parce qu'ils alignent des rimes ; ils se trompent, tout le monde fait des vers plus ou moins, cela n'est pas plus difficile que d'écrire en prose ; il faut de la force, de la concision, de l'énergie et de la simplicité, la versification vient après : c'est pourquoi Molière est et restera le poëte par excellence. On approchera peut-être un jour de Corneille : votre ami l'a atteint quelquefois dans *Charlotte Corday* ; mais jamais on n'égalera Molière, jamais on ne surpassera La Fontaine. Quelle clarté, quelle aisance, quel feu ! Diriez-vous autrement en prose l'idée exprimée par ces deux vers :

L'ami du genre humain n'est pas du tout mon fait.
La place m'est heureuse à vous y rencontrer.

Quelle concision et quelle abréviation ! En prose, vous pourriez à peine vous exprimer en aussi peu de mots. — Quant à La Fontaine, croyez-vous qu'il n'a pas fallu plus de génie et d'études pour écrire les *Deux Pigeons*, *Philémon et Baucis*, le *Chêne et le Roseau* (j'en passe et des meilleures) que pour composer cinq actes. L'étude la plus approfondie de l'art dramatique se trahit dans ces petits chefs-d'œuvre; toutes les règles classiques y sont observées, comme dans une tragédie de Racine, et le dialogue donc; tenez, si jamais un homme a approché de Molière, c'est La Fontaine. . . .

. . . .

BÉRANGER.

A M. Eugène Suë,

Mon cher Suë, je serai très-heureux d'être utile à votre protégé ; dites-lui qu'il peut compter sur moi. Quoique je sois bien souffrant, je vais faire les démarches nécessaires, et, grâce à mes relations avec B..., je suis presque sûr d'obtenir ce que vous désirez. Je comprends la chaleureuse hésitation de M. V... Voilà une des affreuses éventualités de la proscription. Rester fidèle à son serment, à sa haine, ou laisser mourir loin de soi le vieux père qui vous réclame à ses derniers moments : c'est horrible. Je tâcherai d'obtenir une *permission* simple, sans jour fixé, et une fois qu'il aura rendu les derniers devoirs à ce pauvre vieillard, il pourra regagner le lieu de son exil. Ah ! vous êtes bien vaillants là-bas et je pleure en songeant à tant d'intelligence, de patriotisme, de courage s'épanouissant où s'étiolant hors du sort natal.

Comptez sur moi, mon cher ami, en cette occasion, comme en toutes celles où il vous plaira de réclamer mon concours. . . . .

. . . .

BÉRANGER.

A M. Eugène Sue,

La fée Bonheur est désespérée de ce qu'elle appelle « la lâcheté du petit juif de la rue Vivienne. » Sa naïve colère m'amuserait, si elle n'était pas *très-effrayante* quand elle est méchante. Puis ensuite, elle est si sincère, qu'elle m'a fait partager presque, moi l'homme *inoffensif* par excellence, ses petites rancunes, et je vois bien qu'elle vous les a *inculquées* tout à fait et que vous en voulez beaucoup à ce pauvre malheureux. J'aurais un moyen de me faire bien venir de la fée, si je lui répétais la belle histoire d'une armoire et d'une superbe actrice fort courtisée par son *ennemi*, que A... m'a raconté l'autre jour, mais elle la vengerait trop bien; puis, je ne veux pas encourager son penchant à la méchanceté; ensuite, j'ai une meilleure idée. La fée est désolée, pourquoi? d'une ingratitude dont Michel est l'éditeur responsable. Je ne comprends pas beaucoup son chagrin, mais enfin il existe. Entendons-nous ensemble pour lui offrir une consolation qui ramènera le sourire dans ses jolis yeux. La fée aime à être chantée, c'est un petit travers plus excusable que ceux de la plupart de nos jeunes femmes. Eh bien! vous m'avez dit lui avoir fait quelques poésies, la *Souffrance* entr'autres, que vous m'avez envoyée, est d'un sentiment très-touchant. Expédiez-moi tout cela, je tâcherai de trouver quelques quatrains dans ma vieille cervelle; j'arrangerai un peu, puisque vous craignez qu'elles ne soient pas assez en toilette, vos *nouvelles nées*. Nous ferons du tout un petit volume ; j'entreprendrai P....... un jour qu'il sera de bonne humeur, je lui parlerai de son château, je lui promettrai d'y aller, et quand il sera bien disposé, je lui demanderai de me faire imprimer une jolie petite édition de l'œuvre commune *toute inspirée* par la fée, et nous lui expédierons un bel exemplaire doré sur tranche ! avec des gravures aussi, peut-être bien. Il est entendu qu'il n'y aura rien de politique dans ce que vous m'enverrez ; j'aurai déjà assez de peine à faire sortir mon vieil ami de ses habitudes et de nos conventions... Mon idée vous sourit, n'est-ce pas ? Je connais notre chère enfant, ses grandes vertus et ses petites faiblesses ; elle sera ravie de cette invention de notre part. Judith, à laquelle j'en ai parlé, m'a souri disant que j'étais un *malin* et que je connaissais bien le cœur des femmes. Elle a ajouté, et je pense entre nous qu'elle a un peu raison : « L'enfant sera bien difficile, si elle trouve qu'elle ne gagne pas au change. » En définitive, mon cher ami, et quelque soit sa *monomanie*, il me semble qu'à *nous deux* nous valons bien l'autre, et notre petit bagage poétique lui fera bien plus d'honneur, puisque vanité il y a, que la dédicace des lamentations de cette sempiternelle héroïne qui, heureusement pour notre fée, ne lui ressemble pas le moins du monde. Si c'est son *portrait*, comme elle en est si fière, franchement le peintre ne *fait* pas ressemblant. . . . .

BÉRANGER.

Il paraît, madame, que vous avez envié d'être de l'Académie; pourquoi n'en seriez-vous pas? Je n'ai jamais compris qu'on isolât les femmes de toutes les fonctions dont on nous réserve le monopole presqu'exclusivement. Quoi qu'il en soit, il est impossible de trouver un discours écrit d'une façon plus classique que celui que vous m'envoyez : il vous faut absolument un fauteuil : demandez-le. Pour parler sérieusement, chère enfant, vous avez un talent de pastiche que je n'ai jamais vu à personne... N'allez pas croire que mes idées sur les femmes soient une plaisanterie. Je voudrais qu'elles participassent à la vie publique : elles sont toujours plus sensées et souvent plus instruites que nous pour penser. Ne savez-vous pas le latin que j'ignore? . . . .

BÉRANGER.

Je vous renvoie vos appréciations sur Eugène Suë. Non, je ne suis pas de votre avis; notre ami n'est pas si loin de Balzac que vous le croyez, qu'il le croit lui-même dans son adorable modestie. Ses premiers romans valent les meilleurs de Balzac, et il est bien autrement créateur que celui-ci ; il est moins profond, mais il a plus d'invention. Il était créé pour le théâtre. Il aurait laissé bien loin derrière lui tous les faiseurs : ses coups de théâtre auraient épouvanté nos plus surprenants dramaturges. Y a-t-il jamais eu dans la *Gazette des Tribunaux* un procès plus saisissant, plus vraisemblable, plus émouvant dans tous ses détails que la *Bonne Aventure :* on a la chair de poule rien qu'à assister à toutes ces péripéties, et le fameux drame Praslin n'est que de la *nioniotte* à côté. C'est un grand inventeur que Suë, et ses types resteront comme ceux de Shakespeare. Mon fils Dumas n'en approche pas; et l'on ne songera plus à *Monte-Christo*, ni aux *Trois Mousquetaires*, que le Chourineur, Morel le Lapidaire, Adrienne de Cardoville, madame Pipelet et Rodin seront encore dans la mémoire de nos petits-neveux et de nos arrière-enfants.

Si vous l'aimez, pourquoi lui faites-vous faire des vers : ils ne sont pas bons. Qu'il en écrive pour vous, à la bonne heure, mais pour le public!... Après tout, si cela l'amuse! . .

. . . .

BÉRANGER.

. . . .

Non, vous n'êtes plus la fée Bonheur, vous êtes la fée active, la fée turbulente, la fée *vif-argent.* Halte-là! J'ai près de 80 ans, chère belle, vous me distancez, vous me faites trop courir; je me croyais autrefois des dispositions à écrire un roman et j'en avais commencé les premiers chapitres: il s'appelait la *Femme qui s'ennuie*. C'était un plaidoyer en faveur de votre sexe. J'attribuais toutes les fautes des femmes à leur oisiveté. Je demandais qu'on ne les éloignât pas des fonctions de l'Etat. Mon paradoxe qui ressemblait à une vérité, comme tous les paradoxes, était encadré dans une fable assez ingénieuse! Eh bien! je renonce à cette idée, vous m'y faites renoncer, chère fougueuse, petit cheval emporté, sans frein; je jette au feu mes feuillets, je n'écrirai pas la *Femme qui s'ennuie* : mon roman s'appellera la *Femme qui s'agite*. Tudieu! comme vous y allez. La journée a donc 48 heures pour vous? Quel est ce feu qui vous dévore? Vous vous userez, chère enfant, prenez-y garde; vous êtes trop répandue, vos amis vous mettront en terre, si vous n'en sacrifiez pas la moitié. Il y a plus de gens à Paris qui vous écrivent et auxquels vous écrivez en un mois, que je n'en reçois dans toute l'année, et cependant un de mes propriétaires m'a donné congé, sous le prétexte que j'usais ses escaliers, tant il vient de monde chez moi. Jugez! . . . .

BÉRANGER.

Pourquoi, puisque vous traduisez des tragédies italiennes en vers français et que votre *Myrrha* a si bien réussi, ne vous attaquez-vous pas à *Camma*. On dit que c'est fort beau. Vous avez dû voir l'auteur, M. Montanelli, chez Lamennais. Il a beaucoup de talent. Voulez-vous que je vous envoie la brochure de *Camma*, si on ne la trouve pas à Aix. Vous savez qu'il a traduit *Médée* en italien, et que c'est meilleur au dire des connaisseurs que dans l'original, je le crois sans peine. . . . .

. . . .

BÉRANGER.

A madame de Solms,

Moquez-vous de moi, chère belle, tant que vous voudrez, vous n'empêcherez que je ne sois noble comme le roi, et vous ne m'enlèverez pas tous les droits que je possède à signer *de* Béranger. Je n'attache aucune importance à la particule qui précède mon nom, mais enfin elle m'appartient réellement. Ce sont les petits esprits qui s'occupent des questions terre à terre; qu'importe à la démocratie que ceux qui la servent, s'ils sont réellement démocrates de cœur, soient des manants ou des marquis. Je ne comprends pas plus qu'on tire vanité d'un titre que le hasard vous a donné, privilége qui, dans ce siècle, n'a d'ailleurs plus aucune signification, que je ne comprends ceux qui, le possédant, s'évertuent à le cacher pour complaire à certaines gens. J'ai vu, dans ces derniers temps, beaucoup de vos amis furieux de ce que quelques-uns de nous vous appelaient encore *princesse*. «Qu'a de commun une si GRANDE dame avec nous, disaient-ils avec ironie.» Eh! mon Dieu, laissez-les crier. Vous avez déclaré, une fois pour toutes, que c'était vous désobliger que vous donner ce titre ou d'autres auxquels vous avez volontairement renoncé depuis votre exil. Cette démonstration était insignifiante; mais enfin il vous a convenu de la faire et elle n'avait pas d'inconvénient : que peut-on exiger de plus; que les uns vous appellent madame, les autres princesse, comtesse, duchesse, ceux-là citoyenne, ceux-ci camarade, que sais-je; qu'importent toutes ces appellations différentes, vous n'en êtes ni plus ni moins, vous êtes Marie de Solms, et de quelque nom qu'on vous désigne, vous restez vous-même. En règle générale, illustres ou obscurs, on ne doit pas renier ses aïeux : en ce temps on est le créateur de sa propre individualité; mais il y a autant de dignité à accepter un nom célèbre qu'nn nom inconnu; c'est manquer d'orgueil que cacher son nom, parce qu'il peut être désagréable à certaines gens. En ce qui vous concerne, ceux qui vous conseillent ainsi ne sont pas vos amis; vous n'êtes solidaire de personne; portez haut le nom de fille ou de femme qui vous appartient, personne n'a à vous le reprocher ni à vous en féliciter, puisqu'il est l'effet du hasard; s'en glorifier serait absurde, y renoncer serait servile, et vous serait reproché un jour comme un acte de faiblesse par ceux mêmes qui vous y engagent. Restez toujours indépendante : l'habit ne fait pas le moine; vous n'avez aucune autre responsabilité que celle de vos actes; laissez le monde, les journaux, les amis et les ennemis vous désigner comme ils le voudront, vous ne pouvez pas vous amuser à écrire une lettre imprimée tous les matins pour prier les contemporains de cesser de vous *qualifier*, afin de plaire à quelques personnes de mauvaise volonté qui ne veulent pas comprendre que vous n'êtes pour rien dans cet excès de zèle. Quant à moi, qu'on m'appelle Béranger ou de Béranger, M. le chevalier de Béranger même, que m'importe! Je rougirais pour flatter quelques-uns de mes amis de déclarer que ce *de* ne m'appartient pas, mais aussi je ne me suis jamais amusé à m'en vanter. Sur ce, chère fée, que cette grave question ne vous agite plus; vous êtes la princesse Esprit, la reine Beauté, la comtesse Enjouement, et vous n'avez pas de plus fervent admirateur et courtisan que votre vieil ami.

Le marquis de BÉRANGER.

Ça sonne bien, n'est-ce pas?

Aimez-vous mieux :

BÉRANGER,
ouvrier en rimes.

C'est crâne n'est-ce pas? Choisissez.

LETTRES

ÉCRITES

par Béranger au Président de l'Assemblée nationale pour refuser la candidature qui lui était offerte.

Je transcris ici ces lettres car elles sont une des pages les plus curieuses de la vie de ce philosophe; peut-être pourrait-on lui reprocher le sentiment un peu personnel qui les a dictés, mais comment en vouloir longtemps à cette saine raison, à cette charmante bonhomie:

« Citoyen représentant,

» J'avais cru de mon devoir de prévenir les
» électeurs du département de la Seine, en
» m'excusant sur les raisons les meilleures,
» que je ne pourrais accepter l'honneur de
» siéger dans l'Assemblée nationale. Malgré la
» reconnaissance profonde que m'inspire le
» nombre de voix qui m'ont appelé à cette as-

» semblée, je n'ai pas renoncé à l'idée bien » arrêtée d'avance de refuser un mandat au- » quel ne m'ont préparé ni des méditations ni » des études suffisamment sérieuses. Ce que » je n'ai pas osé faire jusqu'à présent, pour » n'être pas cause d'une convocation nouvelle » du corps électoral, une élection invalidée, » qui rend cette élection inévitable, m'en offre » la possibilité, et je viens, citoyen président, » remettre entre vos mains le mandat qui m'a- » vait été confié, et qui n'en restera pas moins, » à mes yeux, la seule gloire de ma vie.

» Ayez la bonté, citoyen président, d'assu- » rer l'Assemblée nationale du regret que j'é- » prouve de ne pouvoir prendre part à l'œuvre » complètement démocratique qu'elle aura mis- » sion d'accomplir.

» Faites-lui agréer et agréez vous-même, ci- » toyen président, l'hommage de mon respect » le plus profond.

» Votre dévoué concitoyen,

» Béranger. »

« Citoyen président,

» Si quelque chose pouvait mettre en oubli
» mon âge, ma santé et mon incapacité légis-
» lative, ce serait la lettre que vous avez eu
» l'obligeance de m'écrire, et par laquelle vous
» m'annoncez que l'Assemblée nationale a
» honoré ma démission d'un refus.

» Mon élection et cet acte des représentants
» du peuple seront l'objet de mon éternelle
» reconnaissance. Par cela même qu'ils sont
» au-dessus des faibles services que j'ai pu
» rendre à la liberté, ils prouvent combien
» seront enviables les récompenses réservées
» désormais à ceux qui, avec de plus grands
» talents, rendront des services plus réels à
» notre chère patrie.

» Heureux d'avoir été l'occasion de cet exem-
» ple encourageant et convaincu que c'est la
» seule utilité que je pouvais avoir encore,
» citoyen président, je viens de nouveau sup-
» plier à mains jointes l'Assemblée nationale
» de ne pas m'arracher à l'obscurité de la vie
» privée.

» Ce n'est pas le vœu d'un philosophe, en-
» core moins d'un sage; c'est le vœu d'un ri-

» meur qui croirait se survivre s'il perdait, au » milieu du bruit des affaires, l'indépendance » de l'âme seul bien qu'il ait jamais ambi» tionné.

» Pour la première fois, je demande quel» que chose à mon pays ; que ses dignes re» présentants ne repoussent donc pas la prière » que je leur adresse en leur réitérant ma dé» mission, et qu'ils veuillent bien pardonner » aux faiblesses d'un vieillard qui ne peut se » dissimuler de quel honneur il se prive en se » séparant d'eux.

» En vous chargeant de présenter mes très» humbles excuses à l'Assemblée, recevez, ci» toyen président, l'hommage de mon respec» tueux dévouement.

» Salut et fraternité,

» BÉRANGER. »

TROISIÈME PARTIE.

Détails et Anecdotes sur Béranger[1].

Béranger habitait deux pièces mansardées; une de ces pièces était tout à la fois le cabinet de travail, le salon et la chambre à coucher du chansonnier; l'autre était son cabinet de toilette et sa bibliothèque, dans laquelle étaient rangés un grand nombre de livres sur des planches fixées au mur au moyen de tasseaux.

Un vieux secrétaire en bois de noyer, qui avait appartenu à son père, un lit en fer, étroit et bas, enveloppé de rideaux verts de percaline, un voltaire au coin de la cheminée et tournant le dos au jour, un fauteuil, quelques

[1] Savinien Lapointe.

chaises composaient tout l'ameublement de cette mansarde à demi-lambrissée, et dont la croisée s'ouvrait sur le toit et donnait sur la rue. Nul objet d'art, si ce n'est le médaillon en bronze de Manuel, grand comme nature, le même qui figure aujourd'hui au tombeau du célèbre député. Je trouvai chez Béranger la simplicité populaire, c'est-à-dire la sobriété d'ameublement jointe à la plus exquise propreté. Je ne fus nullement surpris de cette manière d'être du poëte : j'y reconnaissais l'homme de ses œuvres. Béranger était chauve avant trente ans : il avait des yeux gros et à fleur de tête; dans l'emportement, ces yeux, d'un bleu céleste, charmaient et foudroyaient tout à la fois; son crâne large, élevé, puissant; ses tempes solides, droites et dégagées; son nez quelque peu bourbonnien; sa tête forte et d'une forme à désespérer le statuaire; tout en lui décélait une intelligence où les calculs les plus plus positifs pouvaient s'unir aux méditations les plus élevées. Sa bouche était à elle seule toute une physionomie; elle était très-particulièrement remarquable : l'ironie mordante et contenue, une certaine sensualité, que tempérait la bonhomie souriante, en faisaient les caractères distinctifs ; ses lèvres, charnues au centre, accusaient aux extrémités une finesse pleine de malice et de supériorité ; quand une pensée railleuse traversait l'esprit de l'homme, ce qui n'était pas rare chez lui, sa bouche s'entr'ouvrait légèrement, un des coins se fermait comme pour fuir ou contenir le mot railleur prêt à s'échapper dans un trait satirique ; on voyait l'effort, on devinait le reste. Lamennais redoutait beaucoup cette expression chez le poëte. Il disait alors : « Béranger se moque de nous. » Quand cette bouche, si expressive, s'abandonnait au rire ouvert, toutes les grâces de l'enfance, naïves, vives et enjouées, voltigeaient sur ses lèvres. Il n'était pas rare de voir cette physionomie pétrie d'intelligence, d'une mobilité insaisissable, se charger tour à tour de nuages d'éclairs, de douleurs et de rayonnements, selon l'auditoire ou les thêmes qui l'inspiraient. Sa voix alors était profonde, sévère, grave ou tendre. Il l'avait naturellement très-belle, sonore. Sa parole, un peu stridente, n'était ni précipitée ni lente, elle était celle de la réflexion. Ce n'était pas la parole tonnante du tribun, c'était la parole intime, celle d'une conversation mesurée et sage : elle n'entraînait pas, elle persuadait. Je le verrai toujours, l'attachant causeur, la tête penchée à gauche, le front méditatif, nous expliquant le passé, cherchant l'avenir dans les profondeurs de son regard et de sa haute raison. Quel charme on avait à l'entendre, et les plus grands d'entre les plus grands! Je le vois toujours dans sa robe de chambre bleue, coiffé d'une calotte grecque verte, en pantoufles de tissu brodé; ses longs cheveux blancs, blonds autrefois; sa physionomie pleine, encore colorée; les traits larges et accentués comme ceux du peuple. On eût dit un homme des anciens temps. C'était la noblesse rustique des vieux patriarches, jointe à la bonté évangélique des pères de l'Eglise.

« Une tête chauve, un air un peu rustique, mais fin et voluptueux, annoncent le poëte, » disait Châteaubriand en parlant de lui.

« Je repose, ajoutait-il encore, je repose avec plaisir mes yeux sur cette figure plébéienne, après avoir regardé tant de faces royales. Je compare ces types si différents : sur les fronts monarchiques, on voit quelque chose d'une nature élevée, mais flétrie, impuissante, effacée; sur les fronts démocratiques paraît une nature physique commune, mais on reconnaît une nature intellectuelle, haute. Le front monarchique a perdu la couronne, le front populaire l'attend. »

L'ordre qu'il a mis dans ses idées, il l'a apporté dans sa vie, dans son esprit de conduite : il était régulier pour les heures. D'un régime simple, il a conservé jusqu'à la fin de sa carrière un appétit extrême; sa table était sans recherche, quoique abondamment servie. Il mangeait vite, sans apprécier les mets, à moins qu'on attirât son attention. Il ne se connaissait nullement aux vins, à peine aurait-il distingué le bordeaux du mâcon. « Les bonnes pensées viennent d'un bon estomac, » disait-il en plaisantant. Il estimait les gens qui avaient grand appétit et les rieurs. Il trouvait que la jeunesse devenait triste, les jeunes gens qui l'abordaient maussades. « Ils ont toujours l'air de s'être tués la veille, disait-il ; ceci est un mauvais symptôme. C'est là le fruit des impatiences maladives, des ambitions précoces. La jeunesse saute l'âge des plaisirs pour gagner les champs ennuyeux des honneurs. Elle passe devant la gloire, la salue quelquefois, mais elle court après la fortune. Mauvaise génération, qui ne vous donnera pas un homme et qui préparera, en revanche, le règne des laquais... »

Après le déjeûner, il sortait ordinairement sur les deux heures pour aller visiter ce que la mort lui avait laissé de ses vieux amis, devenus fort rares, ou bien pour solliciter dans quelque ministère, soit un emploi, soit quelque secours pour un garçon sans place ou une famille sans pain ; quelquefois il allait au bois de Boulogne, avant qu'on ne le lui eût gâté. A six heures, il rentrait pour dîner et ne ressortait plus. Il y avait toujours chez lui, une, deux, quelquefois trois personnes à dîner. Il n'aimait pas dîner seul. « La compagnie oblige, » disait-il. Un jour de la semaine, le jeudi, il donnait un grand dîner. J'y ai vu jusqu'à seize personnes dans sa petite salle à manger ; et quelle gaieté, quelle amabilité dans sa personne alors ! Sa vieille amie en faisait les honneurs avec une grâce et une réserve du meilleur goût. Quelquefois on chantait, et il chantait lui-même. On y parlait de tout.

Béranger avait une mémoire extrêmement étendue, une mémoire prodigieuse : pas d'histoire qu'il ne sût. Il connaissait celles de toutes les grandes maisons, leur origine, ce qu'elles avaient été, ce qu'elles étaient, même leur position de fortune. Dans l'intimité, il se plaisait à rappeler les jours de sa jeunesse. Il avait une grande faiblesse pour la chanson, en particulier pour les siennes; quand on le mettait sur ce terrain, il s'y étendait volontiers [1].

Voici quelques-unes des plus jolies anecdotes que nous raconte Savinien Lapointe sur Béranger :

C'était un matin, Béranger tisonnait au coin de son feu, qu'il faisait et allumait lui-même dans sa mansarde de la rue Vineuse, qui était tout à la fois sa chambre à coucher, son salon et son cabinet de travail. Il lisait les vers que lui adressaient les candidats à la postérité, quand on frappa doucement à la porte, sur laquelle était la clef. « Entrez, » répondit la voix de Béranger à ce léger frappement.

La porte s'ouvre, une charmante personne, la physionomie intelligente et vive, mise avec une grande sobriété d'ajustements, mais por-

[1] Savinien LAPOINTE. Mémoires sur Béranger.

tés avec cette grâce, cette aisance qui n'appartiennent qu'aux femmes de tact et de goût exquis, se présente. A la vue du bon vieillard assis dans son fauteuil, l'émotion la gagne, son visage pâlit, ses jambes se dérobent sous elle; elle s'appuie aux panneaux de la porte, elle cache son visage de son mouchoir... et des sanglots s'échappent de sa poitrine; elle n'ose faire un pas de plus... elle n'ose plus entrer. Béranger se lève, va à la charmante et sensible personne, lui prend la main avec bonté et lui demande qui elle est, ce qu'elle veut.

« Je suis Déjazet, lui répond l'artiste, et je viens vous demander la permission de vous embrasser, » ajoute-t-elle en donnant un libre cours à ses larmes.

Le bon vieillard la prend dans ses bras, la rassure et la fait asseoir au coin du feu, avec cette bonhomie, cet esprit et cette grâce que lui connaissaient ceux qui avaient l'honneur de l'approcher : il lui parle du théâtre, de ses succès, du passé, du présent et beaucoup de l'avenir.

« Je connais votre bonté, lui dit-il; vos camarades s'accordent à vanter votre cœur, vos enfants vous ruinent, vous, une excellente mère; mais il est temps de songer à vous, pensez à vos vieux jours, mon enfant, l'âge nous surprend si vite. Vous avez gagné beaucoup d'argent et vous n'avez rien. »

Mademoiselle Déjazet écoutait le poëte tout en essuyant ses larmes, et, prenant confiance à mesure qu'il parlait, elle se prit à sourire et lui dit :

« Vous ne venez jamais au théâtre : *Lisette* obtient pourtant un grand succès.

» — Oui, grâce à son interprète, interrompit-il.

» — Eh bien! continua Déjazet, je viens pour vous chanter la *Lisette* du bon Frédéric Bérat [1]. »

Cette histoire ne vaudrait pas sans doute la peine d'être racontée, si elle ne laissait voir l'ascendant moral que cet homme si simple produisait sur mademoiselle Déjazet, qu'on est peut-être trop habitué à considérer comme une femme spirituellement frivole; un effet tel, que la vive et sémillante comédienne trouvait en elle ce sentiment pénétrant d'admiration et

[1] Bérat devait à Béranger l'emploi qu'il occupait à la Compagnie parisienne du gaz lorsqu'il mourut.

de vénération qui semblait lui donner un nouveau baptême, et en quelque sorte l'élever en cet instant au niveau de la nature sublime du poëte.

Mademoiselle Déjazet n'a peut-être jamais tant apprécié le mérite de la vertu que ce jour-là. Peut-être était-ce là aussi la véritable cause de son émotion et de ses larmes.

Bonne Déjazet!

«J'aime ces natures-là, disait Béranger. C'est bon, humain, charitable, et ça n'a rien à soi. Combien de nos honnêtes gens ne les valent pas! »

Un pauvre homme se présente un jour chez le chansonnier : c'était un colporteur en librairie.

« Monsieur, je viens vous prier d'avoir la bonté d'écrire deux ou trois lignes sur cet album.

» — Qu'est-ce qui vous envoie?

» — Monsieur, c'est une personne qui ne vous connaît pas; mais qui serait bien heureuse d'avoir un autographe de vous.

» — Je n'écris jamais sur les albums; j'en

suis bien fâché, mais je ne puis faire ce que vous me demandez. Allez vous promener!

» — Ah! monsieur, cette personne serait si contente.

» — C'est possible, mon garçon, j'en suis très-honoré; mais à aucun prix je ne ferai ce que vous me demandez.

» — Pourtant, monsieur, ça me ferait plaisir aussi à moi.

» — Qu'est-ce que cela peut vous faire, à vous?

» — Ça me fait beaucoup, monsieur, attendu que je ne suis pas riche, que j'ai des enfants, et que cela me ferait gagner une bonne journée.

» — Comment?

» — La personne m'a promis cinquante francs, si vous vouliez écrire deux lignes sur cet album.

» — Cinquante francs!

» — Oui, monsieur; et comme nous approchons du terme, ça m'aiderait bien.

» — Vous avez une femme et des enfants?

» — Oui, monsieur. »

Béranger prend aussitôt la plume en disant :

« Oh! alors, c'est bien différent; » puis il écrit :

« Il est un Dieu devant qui je m'incline,
» Pauvre et content sans lui demander rien...

» que la suppression des albums. »

On le suppliait d'écrire une lettre aux journaux pour recommander la candidature du général Cavaignac.

« Je suis trop vieux, répondit-il, pour monter derrière son carrosse. »

On lui parlait des juges du maréchal Ney.

« Je ne voudrais pas avoir cette tache-là sur mon habit. » Puis, faisant un retour sur sa pensée : « Bah! ajouta-t-il: ils l'ont débarbouillé dans son sang! »

Après février 1848, il se trouva un jour avec

M. Armand Marrast à l'Hôtel-de-Ville. M. Marrast se plaignait amèrement des divisions du parti républicain.

« Ce qui vous divise, répondit Béranger, c'est moins la dissemblance des opinions, que la ressemblance des prétentions. »

M. Louis Blanc avait remporté une foule de prix au collége, dans toutes les académies, dans tous les concours pour les prix de poésie. Il avait quelque raison, conséquemment, de se croire un véritable poëte, sinon un grand poëte. Plein de cette croyance, qui est celle des jeunes gens enthousiastes qui prennent souvent leur exaltation pour une lyre, il adresse ses vers à Béranger et va le voir.

« Laissez-là les vers, lui dit Béranger ; ce n'est pas votre affaire. Vous me paraissez plutôt destiné à écrire l'histoire. D'ailleurs, Clio est une muse aussi. Prenons de ces dames celle qui s'accommode le mieux à notre humeur. Croyez-moi, laissez-là les vers. »

M. Louis Blanc réfléchit un moment aux avis du chansonnier, qui alors demeurait à Passy.

S'en revenant à Paris, M. Louis Blanc traversait les Champs-Elysées ; là il se jura qu'il ne ferait plus jamais de vers, et il tint parole.

M. Louis Blanc nous donnait plus tard l'*Histoire de Dix ans*.

« Mon fils Dumas, disait-il en riant; je l'appelle mon fils, puisqu'il me fait l'honneur de me nommer son père; seulement, je voudrais bien savoir à quoi tient notre lien de parenté. Mon fils Dumas, qui est certainement un des plus abondants conteurs de ces temps-ci, même le plus amusant, aurait certainement trouvé un style, s'il n'eût pas gaspillé d'admirables facultés. Personne de nos jours n'entendait mieux le théâtre que lui ; il a de la chaleur, une certaine générosité de sentiments qui va au public, et de la mesure quand il veut. Mon fils Dumas a prodigué son talent, comme certaines demoiselles leur beauté, et j'ai bien peur que, comme les Frétillons, M. de la Pailleterie ne finisse sur la paille. »

POÉSIES INÉDITES DE BÉRANGER.

UN ANGE.

D'où naît cette pure auréole
Dont les rayons frappent mes yeux?
C'est un ange, un ange qui vole
Entre mon front chauve et les cieux.
Comme un doux luth sa voix m'attire,
Et ses longs cheveux flottants
Embaument l'air que je respire
Des plus doux parfums du printemps.

Oui, c'est un ange, car mes rides
Feraient fuir la simple beauté,
Qui lirait dans mes yeux humides
Des souvenirs de volupté.
Mais l'ange aux grâces innocentes,
Presque heureux d'être venu tard,
Sourit quand ses mains caressantes
Réchauffent les mains du vieillard.

Cet ange écarte d'un coup d'aile
Les songes noirs qui m'étreignaient ;
Il serait mon guide fidèle
Si mes faibles yeux s'éteignaient,
Au bout de ma course éphémère
Qu'enfin j'arrive harassé,
Comme un nouveau-né pour sa mère,
Sur son sein je mourrai bercé.

Mais de mourir pourquoi parlé-je,
Quand pour vivre il me tend la main ?
Son souffle a fait fondre la neige
Qui cachait les fleurs du chemin,
Et pour ma soif, dans le voyage,
De ses lèvres coulent toujours
Des baisers plus doux qu'au jeune âge
Ne m'en prodiguaient les amours.

J'en suis donc sûr, il est des anges
Qui, vers nous prenant leur essor,
Au pauvre enfant donnent des langes,
A la pauvre mère un peu d'or.
Vous, leur sœur, d'une âme ravie
Agréez le culte pieux ;
Qu'avec vous j'achève la vie,
Qu'avec vous je remonte aux cieux.

GLYCÈRE.

UN VIEILLARD.

Jeune fille au riant visage
Que cherches-tu sous cet ombrage?

LA JEUNE FILLE.

Des fleurs pour orner mes cheveux.
Je me rends au prochain village
Avec le printemps et ses feux,
Bergères, bergers amoureux
Vont danser sur l'herbe nouvelle
Déjà le systre les appelle ;
Glycère est sans doute avec eux.
De ce hameau c'est la plus belle;
Je veux l'effacer à leurs yeux.
Voyez ces fleurs, c'est un présage.

LE VIEILLARD.

Sais-tu quel est ce lieu sauvage?

LA JEUNE FILLE.

Non, et tout m'y semble nouveau.

LE VIEILLARD.

Là repose, jeune étrangère
La plus belle de ce hameau ;
Ces fleurs, pour effacer Glycère,
Tu les cueilles sur son tombeau !...

Note. Ces vers ont été transcrits par Béranger lui-même comme autographe sur mon album.

*

L'APOTRE.

A MONSIEUR DE LAMENNAIS.

Paul, où vas-tu? — Je vais sauver le monde.
Dieu nous donne une loi d'amour.
— Apôtre, la sueur t'inonde;
En festins ici passe un jour.
— Non, non; je vais sauver le monde,
Dieu nous donne une loi d'amour.

Paul, où vas-tu? — Je vais prêcher aux hommes
Paix, justice et fraternité.
— Pour en jouir, reste où nous sommes,
Entre l'étude et la beauté.
— Non, non; je vais prêcher aux hommes
Paix, justice et fraternité.

Paul, où vas-tu? — Je vais à l'âme humaine
Du ciel enseigner le chemin.
— Aux cieux? La gloire seule y mène,
Chante, elle te tendra la main.
— Non, non; je vais à l'âme humaine
Du ciel enseigner le chemin.

Paul, où vas-tu? — Je vais rendre aux campagnes
Le Dieu qui bénit les guérets.
— Crains le brigand dans les montagnes;
Crains le tigre dans les forêts.
— Non, non, je vais rendre aux campagnes
Le Dieu qui bénit les guérets.

Paul, où vas-tu ? — Je vais au sein des villes
De tout vice purger les cœurs.
— Crains l'orgueil des passions viles ;
Crains le rire aux éclats moqueurs.
— Non, non ; je vais au sein des villes
De tout vice purger les cœurs.

Paul, où vas-tu ? — Je vais, séchant des larmes,
Dire au pauvre : Dieu seul est grand !
— Crains le riche si tu l'alarmes,
Crains le pauvre s'il te comprend.
— Non, non ; je vais, séchant des larmes
Dire au pauvre : Dieu seul est grand !

Paul, où vas-tu ? — Je vais de plage en plage
Raffermir mes amis tremblants.
— Quoi ! les maux, la fatigue et l'âge,
N'ont point dompté tes cheveux blancs ?
— Non, non ; je vais de plage en plage
Raffermir mes amis tremblants.

Paul, où vas-tu ? — Je vais prêcher mon culte
Devant le juge et ses licteurs.
— A nos lois déguise l'insulte ;
Recours à l'art des orateurs.
— Non, non ; je vais prêcher mon culte
Devant le juge et ses licteurs.

Paul, où vas-tu ? — Je vais porter ma tête
Sur l'échafaud où Dieu m'attend.
— Dis un mot, et ta grâce est prête ;
D'honneurs on te comble à l'instant.
— Non, non ; je vais porter ma tête
Sur l'échafaud où Dieu m'attend.

Paul, où vas-tu ? — Je vais avec les anges
Reposer au sein de mon Dieu.
— Par ton exemple tu nous changes.
Nous prierons sur ta tombe. Adieu !
— Oui, oui ; je vais avec les anges
Reposer au sein de mon Dieu.

Note. Cette pièce n'a encore été publiée dans aucun recueil ; Lamennais m'avait permis de la copier ; elle me frappa vivement ; je la retrouve aujourd'hui dans mes cartons.

RÊVE DE JEUNE FILLE.

Le petit oiseau sur la branche
Laisse mourir son chant d'amour ;
Et midi voit le lis qui penche
S'alanguir sous les feux du jour.
Le petit oiseau sur la branche
Laisse mourir son chant d'amour.

Comme elle dort, la jeune fille,
Sur les coussins de ce boudoir !
Elle a mis bas coiffe et mantille ;
Près d'elle en vain brille un miroir.
Comme elle dort, la jeune fille,
Sur les coussins de ce boudoir !

Là, de sa dernière pensée
Sa bouche encor garde un souris.
Le ciel brûlant l'aura forcée

De quitter ses jeux favoris.
Là, de sa dernière pensée
Sa bouche encor garde un souris.

De sa paupière demi-close
S'échappe un vague et doux regard
Quelle élégance dans sa pose !
C'est un modèle offert à l'art.
De sa paupière demi-close
S'échappe un vague et doux regard.

Un songe vient du bout de l'aile
Effleurer ce lac endormi.
Quel sentiment s'éveille en elle ?
Son corps se soulève à demi.
Un songe vient du bout de l'aile
Effleurer ce lac endormi.

Peut-être elle s'affole en rêve
D'un beau page au blanc palefroi,
Qui dit : dame, je vous enlève ;
Montez vite en croupe avec moi.
Peut-être elle s'affole en rêve
D'un beau page au blanc palefroi.

Peut-être aux pieds de cette Laure
Un nouveau Pétrarque a chanté.
Fière du chantre qui l'adore,
Elle embellit sa pauvreté.
Peut-être aux pieds de cette Laure
Un nouveau Pétrarque a chanté.

Peut-être au ciel s'envole-t-elle ?
Du ciel son âge a souvenir.
Au toit natal c'est l'hirondelle

Que le printemps voit revenir.
Peut-être au ciel s'envole-t-elle ?
Du ciel son âge a souvenir.

Note. Cette chanson n'est pas complète ; ni moi, ni ma grand'mère, Mme Lucien, n'avons jamais pu obtenir de Béranger d'en avoir la fin. Il était devenu dans ces quinze dernières années très-mystérieux et très-cachotier quand à ses manuscrits ; il permettait rarement de les copier.

LA MAITRESSE DU ROI.

LA FILLE.

Mère, dans sa riche voiture
Par six chevaux conduite au pas,
Quelle divine créature !
C'est notre reine ; oui, n'est-ce pas ?

LA MÈRE.

Jamais la reine qu'on délaisse
N'eut, ma fille, un luxe effronté,
Honte à cette folle beauté !
Du roi ce n'est que la maîtresse.
Ah ! je voudrais, dit la fille à part soi,
Devenir maîtresse d'un roi. *bis.*

LA FILLE.

Mère, vois briller sur sa tête
L'or, les perles, les diamants.
A-t-elle donc, aux jours de fête,
De plus splendides vêtements ?

LA MÈRE.

Malgré dentelles et panaches,
Ses traits chez nous sont bien connus,
Elle a fui d'ici les pieds nus,
Où, pauvre, elle gardait nos vaches.
Ah ! je voudrais, dit la fille à part soi,
Devenir maîtresse d'un roi.

LA FILLE.

Qui survient? Dame belle et fière.
Son carosse, au galop conduit
Jette à l'autre un flot de poussière,
Et, l'accrochant, fait rire et fuit.

LA MÈRE.

Rivale qu'un grand nom abrite,
Cette dame, osant tout tenter
Jusqu'au lit du roi veut monter
Pour écraser la favorite.
Ah ! je voudrais, dit la fille à part soi,
Devenir maîtresse d'un roi.

LA FILLE.

Le roi défend celle qu'il aime.
A cheval, un jeune seigneur
Veille sur elle, et, beau lui-même
D'un doux regard quête l'honneur.

LA MÈRE.

Fils d'une race renommée,
Il sait complaire, et va dans peu,
Obtenir ou le cordon bleu,
Ou le plus haut rang dans l'armée.
Ah ! je voudrais, dit la fille à part soi,
Devenir maîtresse d'un roi.

LA FILLE.

On arrête, elle veut descendre,
S'avance un prêtre au noble aspect,
La main qu'elle daigne lui tendre,
Mère, il la baise avec respeet.

LA MÈRE.

Pour être évêque, à cette ouaille
Par lui que d'encens est offert ;
Par lui qui va parler d'enfer
Au pécheur mourant sur la paille!
Ah ! je voudrais, dit la fille à part soi,
Devenir maîtresse d'un roi.

LA FILLE.

Voilà que passe devant elle
Une noce de villageois,
L'épousée en paraît moins belle ;
L'époux va rougir de son choix.

LA MÈRE.

Non, ne crains rien. Dans leur cabane
La misère a trop bien compté
Les sueurs qu'au peuple ont coûté
Les vices de la courtisane.
Ah ! je voudrais, dit la fille à part soi,
Devenir maîtresse d'un roi.

Cette magnifique poésie fut écrite par Béranger sous l'influence d'un sentiment tout intime, et presque familial si l'on peut s'exprimer ainsi. Pourquoi ne puis-je citer ici l'admirable lettre si touchante et si philosophique dans sa moralité qu'il écrivit à l'un de nos amis, qui me l'envoya au sujet de cette chanson. Quel avertissement paternel, quelle douce et tendre leçon.

www.ingramcontent.com/pod-product-compliance
Ingram Content Group UK Ltd.
Pitfield, Milton Keynes, MK11 3LW, UK
UKHW022112190726
13855UKWH00002B/810